停靠 一座城

李婧 村上春花 编著

新 星 出 版 社 NEW STAR PRESS

新经典文化股份有限公司
www.readinglife.com
出　品

让我们用有限的故事，

　　描绘一个无边的世界。

目　录

上海

格拉斯哥

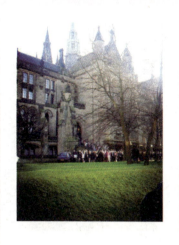

哈尔滨

墨西哥城

天津　扬州

 墨尔本

奥斯陆

厦门

堪萨斯

 巴黎

缘起

李婧

两年前的初夏，我在上海发起了一个线上活动——"100 个城市生活的人"集体写作计划。很荣幸，有许多陌生人参与其中，让我认识了一些人，也读到了许多特别的文字，有了今天集合成集的成果。一切回想起来如梦。

作为一个三十岁出头的自由写作者，两年前辞职时，我不过想证明一个可能性：我在这一座城市生活的经历，是否可以由他人突破？我在有限人生里获得的认知，是否可以由他人来帮我变得更深邃、更广阔？出于"认知世界"的私心，我发起了这个"浩浩荡荡"的线上写作活动。

在这两年时间里，我和几个伙伴们通过经营一个公众号（city_100）来发布收集到的稿件。类似于"命题作文"，让陌生人描述他们与城市的关系，是一种不可预期的体验。在你打开邮箱前，你不会猜到，你即将打开的这封邮件是关于日本还是新加坡，是关于中国的"北上广"还是某个边陲小城——有许多地方连名字都没听过，但只要你打开这篇文章，你就通向了一个陌生空间，和那里一个与它有关的人。

在几百篇的城市文章里，有的人以老练的文字讲述了一种波澜不惊的生活，有的人以青涩的观察提供了一种新鲜的视角，有的人幽默，有的人哀伤。他们呈现出不同的情感，也不局限于描写一座城市，而更多关注城市里与他们息息相关的人与生活。在风格迥异的文本和图片中，我读到了许许多多的可能性，也验证了那句古老的话："生活在别处"。

令人诧异的是，在"百城写作计划"进行的这两年里，许多作者和读者成为了朋友。很奇怪吧，他们因一篇文章飞向一座陌生城市，寻找写这座城市的人，和那里的人成为朋友。他们共同感受一座城的气息——那里的食物、那里的空气、那里的温度、那里的颜色……不再像游客一样走马观花地浏览景点，而是真实地走近那里生活的人，把地图上的名字变成更加立体的故事。

当我以一篇《上海，一个我永远无法亲近的城市》发起这个活动后，我受到了各种质疑，也得到了许多理解。我想我记录的是个人与城市的情感，有的人并不能感受到，因为我们毕竟经历不同。但我也不经意间唤起了许多和我一样"停靠"在这里的人，也不难想象，其他在北京、在深圳、在大阪、在巴黎……世界各地的人们，一样用文字唤醒了散落各处的年轻人心中的共鸣。

一座城市，能给你温暖的记忆，也能给你冷酷的记忆。其实并不在于我们与那些建筑隔了多少距离，而是我们与其间的人，是远的，还是近的，是冷的，还是暖的。我们在那里，是不是获得了一种理想生活的可能？

显然，上海于我并不是唯一的可能。这些年来，我在五个城市长居过，生于南京，大学就读于广东，出国留学，又回到上海工作。而如今，我在第六个城市杭州，尝试一种新的生活。即便在过去一年我回到家乡，南京溧水，我也发现了我与它新的联系——我重新看待它，重新审视它，关于它的一草一木、一山一水，也在我"重新生活"后又获得了新的感受。是的，连城市也会成长。我们同样也在成长。很高兴的是，发起这个写作计划后，我不经意间经历了一些作者和读者的成长。他们用心记录了自己过去或现在生活的城市，他们也在更新着现在新的变化，不断获得新的感受。这些一点一滴汇聚起来，就是一个个年轻个体的微小历史；许多个真实故事汇集起来，让我们看到了一种宏伟的时代面貌。

如果你想在这本书里读到一个名家对某座城市的文化解读、理性分析或历史回顾，很抱歉，这本书并没有这些"干货"。但如果你也是一个在各个城市辗转生活的人，如果你也曾离开家乡，奔赴新的地方，尝试过各种可能，你一定能在下面的这些故事中获得一点共鸣。

最后,附上我在二〇一五年六月二十六日发起"百城写作计划"时的小文。

我希望它能如我发起时所说:永不截稿。

二〇一七年三月二十六日

发起文

很多人都读过保罗·格雷厄姆的一篇文章，*Cities and Ambition*，中文译作《市井雄心》。

他在文中说道："每个城市都倾向于一种雄心壮志"，不同城市传递的信息不同，也影响着居住在那里的人以何种方式生活。

我没有在他文中提到的任何一座城市生活过，但我强烈地认同，这些年来我所居住过的城市，传递了不同的价值观，也影响了现在的我。

为何会选择在北上广奋斗；

为何回到不起眼的县城家乡；

为何又漂洋过海去异国。

身边的人们，包括我在内，都在不断的迁徙中长大。

提着行李去读大学，又提着行李换房换工作。

并非没有乡愁，只是在不停的变换与尝试中，我们才能找到最适合自己的某种方式。它也许是机缘巧合，也许，就是生活的必然。

但我们既然选择了定居某处，就放弃了在他处生活的可能性。

这也是一种悲哀。

于是人们热衷旅行，想短暂地消除这种"排他性"。因为，生活总在别处。

然而，世界大，生命却不长，我们永远有到不了的地方。

有时间没钱，或者有钱没时间，总是人们无法跨出一步的理由。

我们甚至会在蹉跎中问自己，常年如一日的状态，是不是才叫"生活"？

于是我想，不如让一百个人写他们所在的城市吧。

那些你我都没有办法体验的生动——爱与恨，喜与悲，宁静或喧嚣，美景和味道，不如就让属于那里的人们来诉说。

"100个城市生活的人"集体写作计划，就这样诞生了。

最后，自然是发出邀请：

请你和你的朋友一起来写；

让我们用有限的故事，描绘一个无边的世界。

二〇一五年六月二十六日

一个我永远无法亲近的城市

李婧

我到上海已经有七年了。

"到上海"永远都像昨天发生的事——即便我在这里已经度过了几乎整个二十岁区间。

二〇〇八年，二十二岁的我拉着所有行李到上海时，整个城市只认识一个同学。

它的浮华与摩登，我多年前第一眼看到时就备受震撼——那个乘车驶往外滩的傍晚，作为旅客的我，看到延安高架两边的霓虹一点一点闪烁起来，星星点点的灯渐渐连成大片大片，一直铺漫开来，伸向蜿蜒的远方，而远方的灯火又更加恢宏气壮——你无法不被它吸引，急切地要加快速度，开到最亮堂的地方看看……

如果形容上海是个女人，她便自带傲岸。

我第一次接近她，就对自己产生怀疑。我涉世未深，怀疑自己是否具备接近她的资质：才华、品味、姿态、气质……种种维度，我都要对自己重新评估一番。

看着自己穿的衣装，如此地不显眼；看着自己的履历，如此地不名一文；看着自己独居的住所，如此地陈旧，不知何时能奔向遥远而高傲的未来。

当我一个人住下来后，就像"挖了一个洞"。用着使不完的力气，只想赶紧把洞挖大，挖到城市地心。

那种所谓"一个人住的辛酸与寂寞"，我一直没有。反而觉得，自由终于表现出它应有的方式了——一室户的上海老公房、一张床、一张书桌、一个衣柜、一台电视、一套沙发，最基本的配置。我始终像一个人旅行，住在旅馆的标间。

周末想睡多久就睡多久，工作日的晚上想看几部电影就看几部，如果有朋友来了，拖拖地板就可以一伙人四仰八叉地躺着聊天。

夜晚来临时，坐在床上看电视里的人讲上海话，我跟着一句一句学；有时候电视会忘了关，醒来就是七八点的新闻。

不怎么生病，身体强健，也感觉不到无人照料的苦楚。

靠自己打扫卫生，自己交水电煤，自己和房东结算房租，自己一点一点认识新的朋友。

但也有不方便。冰箱里的东西常常坏，一旦心血来潮去了超市或菜场，多出来的菜吃不掉就会被搁置发霉——于是我囤了好多罐头、橄榄菜、老干妈、牛肉酱、沙茶酱、芝麻酱……任何难打理的懒人时刻，拿出一瓶酱，面或粥都可以好味道。

最早住的那条路叫茅台路。它挺长，长而细密。五点钟下班时，我会一个人无所事事地走过一个又一个街口。

沿途拍了很多照，但那时还没有 iPhone。像素不高的手机，呈现出很粗的颗粒，路上伸出长长晾衣架的样子，始终停留在我的脑海里。

每个夜晚，我也是把洗好的衣服挂到街道上空的人；听到楼下门面"侬好""再会"交错的声音，体味这城中的市井生活。当深夜到来时，茅台路上经过的卡车会把家里震几震。于是我夜里出门从不害怕，因为这个城市不会有真正宁静的时候，它二十四小时都喧嚣。

奇怪的是，即使两年后和人合租了，也好像一个人住。寂寥滋味并没有什么不同。

我搬去了一幢更老的房子。那个冬天，有一大家子老鼠，喜欢待在家中——疏于打扫，我一直找不到缘由，后来才发现，是我爸妈带来的核桃一直留在了橱柜里，我忘了吃，招来了老鼠。

但故事并没有华特·迪士尼和米老鼠那么浪漫，我是尤其害怕老鼠的人。吓得几天不敢走去客厅，老鼠家族最小的那只，有一天就睡在我两百多块的高跟鞋里（是我当时最好的那双）——它酣香正甜，我却充满恐惧。

而越是老的房子，越是需要耐心。像人体老化的器官，房子的水管也常常血栓堵塞——冬天的热水器出不了水，要么是滚烫的，要么是冰冷的。湿冷的夜晚洗澡，总需要很大的勇气。

这时候想起来，"一个人的生活"总算有了点酸楚。

但好在我不是一个挑剔的人。对吃的不讲究，也正适合"漂泊"。

酱配白粥或者一日三餐都是包子，也并没有感到多窘迫。甚至在租第二套房子的一整年里，我都喜欢去楼下吃碗长沙米粉。湖南的朋友总说一看就不是正宗的，可我觉得饱腹又鲜美。

但每次快过年的时候，父母来，和我挤在狭小的房子里，我妈给我包一冰箱的饺子，我就觉得，终于有了"味道"。

那样难得的味道在成家后变得稀松平常。过上了有家人的生活，再回头看一个人住的几年，仿佛在演高木直子的《一个人上东京》和《一个人住第五年》。有一次在地铁上重新读，居然放肆大哭。

一个人住的时候，和一个人到城市的时候，都未曾觉得"现在已经有所不同了"——可是，当你回头，一幕一幕，竟让人潸然泪下，也不知为何。

我和上海人一起工作过、生活过，连我也无法定义，自己的孩子是不是"上海人"，虽然她的户口簿上是这样写的。我学会了上海话，从最简单的词开始，这甚至成了我学得最好的一门语言，我对它的精通远远高于英语粤语韩语。但是在最近，我却放弃使用它了。如果不是很必要的话，我选择用普通话。

这些年来，很难描述对上海的喜欢或者不喜欢——那大概意思就是"没有很喜欢"——但既然"没有很喜欢"，为什么要在这里生活呢？

可能因为，随时准备走吧。

工作的那几年里，我总是对自己充满怀疑。尽管恪守职责也严于律己，职场上表现尚可，未来也似乎一片光明。但我总觉得，这样不大对。

我怀揣着渺小的梦想，不是要在公司里谋得一席职位，而是在公司路口的报刊亭，看到自己周末写的稿子出现在杂志里，能有一整年的激动。但那样的时候太少了，大多数时间，我都不过是个写着碎碎念的博客持有者，讲着自己每天发生的事，多么平凡又渺小。

我一度沮丧，难道就这样了吗，人生就要这样在办公室坐下去了吗？

每一年，我都要办理一种叫"居住证"的东西，它证明我在这个城市尚有一丝地位，但又无法真正地成为"上海人"。和父母对户籍的担忧相比，我并不在意那看起来被赏赐的身份。

这座城市永远不会有十分亲切的时候。它就像高高挂起的灯笼，闪烁着光，但那光又不够明亮。你要借着它的光前行，却永远无法掌灯。

尽管越来越多的人在这里住下了，可不会有很多人说："我是上海人。"我们与它，总保持着一定的距离。但奇怪的是，当你去到一个新的地方时，人们会自然地说：噢，你是上海来的。

我刚到上海工作时，曾去参加一个外教英语课程。一群人在咖啡馆里用英语聊天，老外问起你们分别从哪儿来，有个词被用得很多：Shanghainese。

假想我在这里和女儿住一辈子，我可能也不会用这个词——这真的有点奇怪。而 New Yorker，就是 New Yorker 吧。

Cantonese 也表示中国某个地方的人群，不过这个词涵盖的范围太广了，它不仅仅指广东人，还包括香港人、澳门人，甚至在海外所有流淌着广东血脉的人。但是 Shanghainese 就只有那么一部分人。土生土长的上海人。

也许我不应该再探讨词汇的意义。总而言之，这个城市永远有一种"疏离感"，如果你喜欢它，它就是"孤独也有其所有"的世界，人与人之间都有适当的分寸。如果你不喜欢它，它就是冷漠与没有什么情分。

如果你在这个城市有喜欢的人,见一面其实并不难,到处都有轨交,虽然跨越城市的地理距离需要时间;但如果你不想见一个人了,哪怕你们就在隔壁,五米十米以外,你也可以永远不用见到。你可以有一天就在人潮汹涌的街头邂逅了久违的人;也可以每一天都装作看不见身边的人。即使是很好的朋友,也不可能频繁见面,一个月一次已经属于高频。而大多数一般关系的人,一年都不一定见到一次——很难想象我们在一个地方生活,却永远没有时间见面。

这就是上海的魔力。

我有很喜欢上海的时候,那大概在春天的梧桐发芽时,夏天的风吹散热气时,秋天的雨飘摇时,冬天的繁华在夜里永不凋零时。我喜欢它的四季分明,一定的湿度和温度,不会太冷,也不会太热。换季提醒人们,时间正在向前,你不是一无所有。你还有夹克与衬衫、背心与短裙、羽绒与围巾……你在变换衣着中,忙不迭地与过去告别。

告别的速度可以很快,有很多朋友匆匆而来见上一面,你们在地铁口说拜拜,也许一别就很多年不见。但那地铁站的一别,却是如此平凡,像小镇某个未至的夏夜,人们摇着蒲扇在街头相遇,还以为明天会见。

我珍惜和一切人的相遇。正因在这座有距离感的城市,人们相遇不易。可又有太多人从身边擦肩而过，人与人看起来又没有什么不同。

于是我记住了特别的故事，每天都有人讲述"离奇"——连我也不例外。但这些离奇的故事，并不足以抵抗平庸。当略有成就的我们走入人群时，我们仍像走入了分不出颜色的海洋，所有的珊瑚礁只在海底闪烁。

这座城市有流水一样的力量。有人在其中被冲刷、磨得圆滑，挣扎然后失去了方向；我们在其中，手牵着手，被它冲着前行。

女儿算是"土生土长的上海人"，她也是我在这个城市最亲的人了。尽管如此，作为异乡人的我总觉得，我们之间有着天生的距离。我不知道会不会有一天永远地离开上海，会不会对它有牵挂。

过去来的时候，我和自己说，随遇而安。现在我还在这里，我仍和自己说，安之若素。感谢它赋予我的平凡故事，我也努力理解它的照顾不周和冷漠。

正如保罗·格雷厄姆在《市井雄心》中所说：每个城市都倾向于一种雄心壮志。

也许上海已经给了我了。

春夏秋冬又一年

zongzi

远东，远东，遥远的东方。

意大利作家亚历山德罗·巴里科曾在《丝绸》中这样描述书中主人公荣库尔的欧亚之行：

> 他在梅茨附近跨出法国边境，穿过符腾堡和巴维也拉，进入奥地利，乘火车经过维也纳和布达佩斯，然后继续向前抵达基辅。他在俄罗斯大草原上骑马驰骋两千公里，翻越乌拉尔山，进入西伯利亚，旅行四十天后到达贝加尔湖，当地人称之为——最后的湖。他顺黑龙江而下，然后沿中国边境线向大海前进。当他到达海滨时，在萨比尔克港口滞留十天，直到一艘荷兰走私船将他带到日本西海岸的寺屋岬。

在此之后，荣库尔为了远东罕见的丝绸和心中的爱人不断重复这段旅程，营造出一种曼妙的仪式感。临近这位退役军官旅程的终点——西伯利亚平原的尽头，奔腾不息的黑龙江在三江平原分支成为乌苏里江与松花江，后者流向内陆，滋润着东北平原上大片丰饶的土地，河流沿岸兴起了鳞次栉比的渔村，其中一个很不起眼的"渡口"，今日便唤作：哈尔滨。十九世纪末，中东铁路的修建激活了这座沉静的小城，异乡文化的涌入与杂糅使哈尔滨一跃成为闻名遐迩的远东重镇：一八九八年，中国大街（今：中央大街）开始形成；一九〇七年，圣·索菲亚远东随军教堂投入修建；一九二〇年代，伴随着闯关东的人潮，老道外迎来空前的繁荣；新中国成立后，哈尔滨历经了中苏关系的好恶为城市带来的大起大落。今天的哈尔滨，犹如一位风韵犹存的贵妇，用她依旧晶莹剔透的双眼平静地注视着时代的更迭与变迁。

哈尔滨是一座粗粝的城市，一如北方人热情直爽的性格；哈尔滨又是一座美丽的城市，美得大气、豪迈而不自知。

哈尔滨的老人儿，二月二前后走在街上，若是听到滴滴答答水珠落地的声音，抬眼望去，屋檐下挂着的冰凌开始变得纤细、透亮，就知道，春天要来了。

哈尔滨的春天是个令人讨厌的季节，积压一冬的尘沙重见天日，刮起风来，到处都是股土腥味儿；出门遛弯儿，舔舔嘴角都能裹进几颗沙粒儿来。这时的北方，离桃红柳绿、嫩枝新芽的春还隔着一池被坚冰填满的江水。

南方的春天似乎总在一夜之间到来，而北方的春天，更像个带点起床气的孩子：喘着粗气，凭空努力地恢复自我的意识。气温转换得慢，万物的复苏和生长也同样滞后，此刻城市中唯一透露着生机的便是江水，老话讲：五九六九，沿河看柳。劲风吹拂的江面上，水流背负着大块浮冰徐徐移动，像一个崭新的生命试图抖落身上重重的壳，这水流缓慢而决绝，冲击任何可漫入的罅隙，无声地润化着冬日残存的冰封；此时江上的春风，绵柔中透着凛冽，所到之处，江河被吹开皴裂，泥土被吹融冰雪，人心被吹得激荡、昂扬。

虽说早已立春，但家家主妇的眼珠子都瞪得锃亮，出门前总要从头到脚，把一家老小的穿戴打量一番。北方民谚：春捂秋冻。谁家的淘小子要是嫌热提前脱了棉、毛裤，准要挨上家里的一番批斗，休想得逞！北方的春季的确反复无常，我上高中那会儿，四月份在学校做早操还被砸过雪籽儿，不过清明、不飘起绵柔细润的春雨，绝没有办法卸去冬日厚重的棉羽。

暖气总是在一夜之间消失，男女老少仿佛瞬间回到了蜷手缩脚的深秋，抱怨起暖春的迟来。春天在北方是颇为平静的季候，此时的哈尔滨，阴沉、宁静、多雨，人们在春天里缓慢地调节着生活的节奏，耐心等待着北燕的归来。

夏天是哈尔滨最为活泼和恣意的季节，过了五一，商场里的短衣靓衫才开始走俏，高纬度的北方小城，相较炎热的南方盛夏显得凉爽宜人，即使是三伏天里走在路上，也不觉得闷。午后的气温不低，但热得透亮，热得直接。

　　居家过日的两口子，都愿意赶早市买菜做饭，一图新鲜便宜，二是趁前夜的凉气儿未消，图个凉快；买好了菜，闻见果子（油条）豆浆、砂锅豆腐脑的香气，不由得馋涎欲滴，烫嘴的肉丸砂锅就米饭，点上一汤匙红油，鲜辣的老汤直冲进肚囊，吃罢只觉得鼓腹含和，生机一片，清晨的凉风一过，汗就消了，抹抹嘴巴赶着上班；临近中午，日头亮得刺眼，坐班上学的都在食堂凑合，屋里人懒得起火，竖起耳朵，不消一会就能听到"大楂粥，黄米饭，茶蛋"的叫卖，下楼打上一碗，稀溜溜地灌下去，晌午就算挨过去了；晚餐的序幕，往往从午后就悄然拉开了，眯瞪着眼的大爷在道上遛弯，刚挪出半里地就犯了懒，街边小店里拎出把椅子，剁副鸡骨架，冰镇啤酒对着瓶一口口地抿，不知不觉就耗到了日影西斜；寻常百姓，下班回家头等事便是门洞大开，捧起一早晾好的凉白开，咕咚咚先灌个水饱，只待过堂风吹散了室内的闷，才恢复了烹饪的气力；男人向来缺乏等待的素养，这边煎炒烹炸，那厢早摆好毛豆、翅尖儿和小烧，正餐未上已自斟自酌，饮至酒酣耳热；烧烤、熏酱是江湖饭局的标配，店内油渍麻花的方桌条凳星罗棋布，人声鼎沸甚嚣尘上，传菜跑堂穿梭其中，闪转腾挪好一派轻功柔骨，骨棒、猪蹄儿、家凉、带霜挂露的冰啤酒，你方唱罢我登场，直要从华灯初上喧沸到月上中天，稍有名气的露天排档，四溢的脂香怕要飘到后夜都难散除。

　　饭后消食乘凉是哈尔滨人夏天的集体娱乐，曾经的江畔夜市，最为壮观，从钟楼绵延至头道街，短短七八个路口，汇聚着半个老道外的消夏人潮，摩肩接踵，人头攒动，任谁都要逛上个把钟头才能走个来回；到了周末，太阳岛就成了天然的江水浴场，过正午，各家各户自带上瓜子、熟食、桌台布，江岸上的台阶铺开，摔扑克、嗑瓜子、唠闲磕，晒热了一个猛子扎进冰冷惬意的江水中潜游。不像现在，太阳岛改造成了大公园，江畔规划成了二环路，车马呼啸而过，别说人，鬼影都没半个了，今天想要回味哈尔滨人消夏浩荡的阵势，还真要去防洪纪念塔、师大夜市才能略见一斑。

　　夏日的哈尔滨，音乐是盐，街头巷尾响起的红歌、戏剧、器乐演奏，比之大城市也不遑多让。这时节的中央大街，最值得徜徉，傍晚时分，街边露台不时飘来异域的清唱，石板路旁也常能邂逅令人心动的演奏，曲子多半是苏联时期的老歌和耳熟能详的古典乐，此时的哈尔滨，这座号称"东方莫斯科"的边陲小城，就像一块保存完好的琥珀，忠实地重现着火红年代的旋律和审美：前奏响起，驻足观望；副歌渐进，轻声应和；高潮处，情不自禁地跟唱起来；一曲终了，回首望去，目光中笑意盈盈，那是往日时光温暖而善意的拥抱。

记忆中哈尔滨的秋天，往往从一个雨后阴沉的傍晚开始，若是夏装抵挡不住弥久不散的凉了，日历牌儿也翻过了立秋，马上就该盘算起八月节（中秋节）的日子了。

秋日大概会持续两个月左右的时间，而这时段，正是北方腹地旅游的黄金时间。哈尔滨以北，驱车八百余里，驶过"林海明珠"加格达奇，就进入了枫林叠翠、层林尽染的大兴安岭林区；一路继续向西，跨越九曲十八弯的根河，便踏上了曾经养育出黄金家族的额尔古纳河流域，绚烂的金色胡杨正挺拔地矗立在边陲，肆意地渲染着秋意的盎然。

秋高气爽，空气里也多了股麻利劲儿，劲爽的秋风卷走夏日鼓噪的热，江水也一反往日的温柔，像下了逐客令的恶主，催动着水位不停地上漫，它铺遍碎石，盖满台阶，往日黝黑醒目的船桩也逐渐被江水吞噬，江堤边看热闹的老爷子，时不时探头瞅瞅这江面，没来由地冒出一句：嗬！今年这水，大！

一叶知秋，落叶的乔木们争相抖落起身上繁复的枝叶，打着旋儿跌落到地上的叶子，被树下放学的孩子捡起，三五成群地凑起来"杠梗子"，这游戏最唬偏爱卖相的孩子，小孩儿总爱捡满一手鲜脆的大黄叶，自觉胜券在握，非要几经折戟沉沙才明白：这等叶子都是银样镴枪头，甫一交手，应声即断，倒是那些不起眼的黄绿小梗，势若破竹后方显出丝丝缕缕的强韧纤维，刚咂摸出点门道，就玩到了分别的路口，只得快快作别，相约明日再战。

曾几何时，买秋菜和八月节都是秋天里的大事件，早间出门冻手，秋菜就快要下了。买菜当天，每个路口都停着辆不堪重负的轻卡，精细到分的市价一早在主妇口中传开，卖价低的车主在满坑满谷的土豆大葱、白菜萝卜上跳着脚，神气活现地叫嚷着："快点挑快点选，不买的靠点边！"挑菜的人净顾着挑拣，一眼望去，就像小鸡啄米，叩头捣蒜。曾几何时，北方的冬季还没有温室，家家都得囤上百来斤的秋菜过冬：大葱去须除叶，太阳地儿下晒到打蔫，窗外挂着，随用随取；萝卜腌成咸条；白菜一半用条石压着，大缸里渍成酸菜，另一半用报纸包上储存，想吃了就掰去外层冻坏的帮，只捡内里甘甜的芯。近几年的北方，即使是冬天也吃得上新鲜的蔬菜，酸菜更有街里的商家提前腌好，随意挑选。至此，千家万户囤秋菜的胜景便成了明日黄花，再难见到了。

中秋寓意团圆，在北方人眼中，八月节是一年中仅次于春节的盛大节日。夏日的瓜果几近尾声，正当时的是葡萄。在南方，人们最爱的品种是上海的马陆，果实硕大饱满，鲜嫩多汁！但假若在北方，则必遭冷遇，北方人偏爱"玫瑰香""小蜜蜂"这类小个头的品种，我妈说：就喜欢那口细细哑摸的"葡萄味儿"。儿时的中秋，条案上油纸包裹的几块五仁、百果，是只待月圆时方可品尝的珍馐，时过境迁，早被挤对得快要"滚出月饼界"了。此番变化，年迈的父母无从知晓，每年依旧买些寄给外地的我，老手艺，朵颐的快感的确比不得那些美如冠玉的新品，但身在异乡，每每想起父母此刻也在咀嚼着这口味特异的月饼，不禁心中暗暗发笑，似乎在和他们分享一段隐匿而独特的时光。

秋天是万物最浓烈的欢腾，酒神丰收的盛筵过后，土地休养生息，动物回归巢穴，绚烂的色彩逐渐退去，整个尘世都静候着冬雪不期而至的覆盖。

十一过后，北方漫长的冬天便拉开了它厚重的帷幕，气温陡然下降，人人开始掰着指头盘算起"来气儿（暖气）"的日子，没来气儿，取暖基本靠抖，刚刚贴好的秋膘儿正派上用场；暖气一通，必定初贫乍富般地嘚瑟起来，一回家就甩掉厚重的行头，单衣单裤在屋里走动。

初雪总是迟来，无论多冷，雪下了，人心才跟着入了冬。城市中熙熙攘攘，雪要好久才积得下，一夜的飘洒，往往抵不过次日的消融，都化成了乌漆墨黑的汤水，非要数日不停遮天蔽日的雪，才撑得起千里江山银装素裹的白。城里人对雪并没有特别浪漫的情怀，雪停了，生活的烦恼才刚开始：下雪不冷化雪寒，走在路上，风刀割面，不一会就面目麻痹了，上点年纪的更是须髯尽白，涕泪横流；路上的积雪被车轮和行人的脚步压实在路基上，底层融化成水，瞬间又冻结成冰，街道上尽是浮雪掩盖下的冰镜，谁家的老人出门买菜，一趔趄重重落在这冰面上，少不了要骨断筋折，这个年都甭打算过好了。

城市的雪缺乏诗意和美感，长河落日处的雪才最美，江上的冰早冻了几尺深，往日蜿蜒的大河此时成了连接两岸的通途，黑黝黝的老铁路桥和洋气的新式高架横亘其上；从江上望去，午后的日头圆润而柔美地挂在天上，抛射下极为绚丽的阳光，铺洒在雪面上，被璀璨密集的冰晶折射出钻石般的光芒。城市里主要路段的两旁和公园里都勾勒出冰雪的雕塑，哈尔滨的冰雪节，比肩久负盛名的札幌雪祭，是能工巧匠的斗秀场，白日的雪雕温润饱满，夜里的冰灯流光溢彩，冰雪艺术源于自然，又湮灭于自然，是自然轮回的馈赠与索取。

破落的老城区由于冬日的降临更增添了些许生活的气息，街边摊贩热食散发的氤氲锅气为破旧的街道蒙上了一层转瞬即逝的面纱，热气升腾的山东大包、热油中翻滚的肉汆丸子、薄冰下挣扎跃动的草鲫鱼、刚出锅的酱骨猪蹄，砂锅里慢火煨温的是冬日进补羊杂浓汤，笼屉里层层叠叠盛放着老回民的鲜羊烧麦，冬天将平日里并不显眼的人间烟火映衬得格外喧腾，任都市里商业如何变迁，这里依旧保留着忠诚、殷勤的待客之道，生活的车轮，拖着一辆吱嘎作响又历久弥新的老车，在外界的喧闹与内心的墨守间缓慢前行。

一年中最重要的节日莫过于春节，平淡的生活渴望仪式，冬雪纷纷，数九寒梅，腊八粥中的七宝五味，小年夜的灶糖，三十儿晚上每家每户的年终饕餮，都在向城市宣示：年要来了。所谓的年味儿，在北方，是万家灯火中红通通的灯笼与窗花，是大街上纸钱的灰烬与爆竹的余音，更是游子胸中近乡情怯的兴奋与拘谨。车站变得喧嚣，小城迎来久违的团圆，人们心中温暖的幸福到达顶点，窗外白雪皑皑，屋里热气升腾，辞旧岁，愿一年的辛勤有好的收成，迎新年，生命的周而复始又开启了新的篇章。

春夏秋冬又一年，这里是哈尔滨，一个我离开很久，却又从未远离的地方。

城西旧事

王楚白

从温州市区向西车行二十余里，便是藤镇，它不起眼，又十分陈旧，以至于每一个眼神都沾着土气。大约人们知道它的唯一途径，是以它为名的"藤镇熏鸡"。

藤镇有八个乡，四十二个自然村，雅漾是其中之一。说是村，其实只是一条泥泞的土路和两排临街的半旧民房。如同大多数被遗忘的角落一样，它色调灰黑，透着江南梅雨的味道。

这里是我的太爷爷、爷爷和爸爸出生的地方，习惯上，他们管它叫藤镇老家。

虽然那间承载了三代人许多记忆的祖屋已荒弃多时：天井早被邻居占去养蜂，屋前一条三指厚的青石台阶被植根硬生生拱成了三截，青苔满布。锈得无法再开启的铁链缠绕在两扇倾侧的木门上，透过陈年的窗格和在朔风中抖颤的窗户纸向里屋张望，黑暗吞噬了所有的想象。

1

我第一次回到这里，还在念幼儿园。那年，爷爷去世了。

应该是个周五的傍晚，我刚放学就被莫名地塞进汽车副驾驶座，匆匆往城外赶。同样困惑的还有大我三个月的表哥，只是长辈们脸上严肃的表情让我们同时选择了噤声。

车窗外人烟渐稀而草木见长，深秋时节的天色暗得很快，即刻间黑夜包围了我们。偶尔传来几声夜禽的啼叫，使此行显得更加阴森恐怖。只有车头大灯的两道黄光坚守着车厢——旷野上唯一的城堡，这光源成了我的救命稻草。忐忑不安地注视着它许久，前方才出现一盏孤灯。

那是爷爷灵堂里的长明灯。

藤镇的规矩，是要把遗体放在村头路边过上几夜，才能入土。虽然爸爸把我按在车里，但透过车窗，我看见爷爷穿着平日里的旧衬衣和西裤，仰面躺在席上，脸被灯照得惨白，眼睛紧闭着。就着周遭的漆黑一片，这景象生硬地闯进我的视线，无比清晰地烙在了脑海。只一瞬，似乎有只手将我彻底掏空，如墨一样浓稠的夜色倒灌进来。失魂落魄间，我第一次踏上了藤镇的土地。直到多年以后和表哥谈起小时候的种种，这段经历还是占据了很长的篇幅。只不过由于当时他并不临窗，又被我挡住了大部分视野，所以他的童年相对轻松了许多。

我记得第二天清早,空气中还满是露水和青草的味道,几只"二踢脚"一放,就催着上路了。

对于当天的情景,我的记忆已有些斑驳,唯一有印象的是女眷们的哭声,还有就是奶奶虚弱的神情。应该是个阴天,因为记忆中没有出过太阳,沉默的人群绕着棺材转了三圈之后,爷爷便被砌进了后山的椅子坟。待封好最后一块砖,完成所有仪式,每个人都仿佛被倒尽了所有力气,茫茫然间,暮色像一只醒来的巨兽,沉缓而又坚定地吞掉了半边天空。打起灯笼往回走,我和爸爸跟在队伍的最后,转头望那座渐渐隐去的大坟,想到爷爷就要这么孤零零地被留在这里,有些愣神,但也说不清是什么感情。

接下来每年清明,草长莺飞的时候,我们便多了一处上香的地方,藤镇的样貌也慢慢地清晰起来。

这里大部分的建筑是三层的矮楼,一水儿的灰蒙蒙,八九十年代的颜色,至今没有太大变化。间或有几进砖木结构的宅子,更是颓唐地卧着。江南比较潮湿,在我印象里,霉斑和剥落的墙皮是藤镇的名片。往来的村民大都木讷,许是经年辛苦劳作让他们不知道如何应对外来客的寒暄。偶尔颠过的三轮面包车拖着黑烟,嘶哑地喘着气,一副随时都要散架的德行。

总的来说,藤镇毫无生气,像一具褪下的蛇皮。唯一的亮色是流淌在村边的小河,滋养了为数不多鲜活明快的记忆。那河面二十米见宽,势并不大,但水是极清冽的。一座由石板支起的桥连接两岸。桥有五六米高，却只有两肩宽，没有护栏，人交汇的时候必须小心翼翼地侧身而过。第一次走在上面，听着桥底的水流，瞥见脚下的落差，一时迈不动步。岸边的滩涂上星罗密布着许多小洞，那是某种小蟹的窝，天气晴好时它们会趴在洞口，直着一对眼睛纹丝不动，但若试图接近用手捉住，它们多半会惊到，瞬间缩回洞去。

好在这蟹智商不过尔尔，只会一味地往后退，所以我们会找来一些粗细适宜的木棍，判断好洞的走势，然后深深地插入泥泞，将它的退路截断。如此这般，蟹们多半成了桶中物、腹中餐。

2

孩子的天性总是喜欢玩的，就这样过了五六年，"去藤镇扫墓"逐渐成了一件值得期待的事情，而关于这里的记忆，也慢慢从悲伤的前奏过渡到轻松的间奏，有了欢快的可能。

直到我小学四年级的时候，这种韵脚戛然而止，因为，那座大坟终于迎来了它的女主人。

应该说奶奶和爷爷的感情是很深的，自爷爷去世后，每年清明扫墓，她都会禁不住哽咽落泪，而且时常说梦见爷爷在找她。每次除夕年夜饭，也总少不得摆上一副碗筷，倒上一杯薄酒，说上一句新年好，只是经常话还未出口，眼眶已经红了。

现在，他们也算得以重逢。

对于奶奶，我的感情很复杂。和五六岁不同，那时候的我已经有了一些浅薄的爱憎，比如我喜欢班上的小黄、小张、小潘、小谭和小董，以及隔壁班的小陈、小金，还有一系列不知道名字的姑娘（排名不分先后），而对于教数学的老高则是纯净无瑕的烦。

奶奶并不是一位太慈祥的老妇人，更偏袒我那几位表哥而不是我，所以，在得知奶奶去世的消息时，我的悲伤很有限。一度担心自己在葬礼上会因无法分泌泪水而失态，而且很快被表哥"又少了一份压岁钱"的洞见引领，陷入了一种更加具体的失落中，然后迅速在近一周光明正大的假期里找回自我，和几个表哥大玩特玩。现在想起这些，觉得颇不尊敬。

去殡仪馆见奶奶最后一面那天，从爸爸的指缝间看到了奶奶的面孔，涂着劣质庸俗的胭脂，抹着夸张的口红，几年前那个藤镇傍晚的记忆又汹涌地沸腾起来，一点点聚沙成塔。横亘在胸的蛇睁开了眼，冰冷地滑过，然后狠狠咬了我一口。我突然陷入了和当时同样的情绪中，忍不住嚎啕大哭。

至今我仍无法接受人终有一天会完全彻底地消失这样残酷的事实，我深深地害怕某个时刻这一切会再次降临于我的亲人，透过泪水，我仿佛可以触碰到自己茕然一身于天地，茫然不知所往的孤独和寥落。生之瑰丽与死之静寂，这两者冲突太过激烈，我没能释怀，只好一再逃避，推迟去正视它的时刻。同样的颠簸，同样的哭泣，同样的藤镇。

我穿着素衣走在队列里，看着黯淡天光中招摇着的魂幡忽地在风中绷紧，发出裂帛一般的声音，第一次那么具体地咀嚼着来自人生的无常和萧瑟。

"王公一平及原配陈氏之墓"，两个人，世上近百载光阴，都在这简单而郑重其事的十一个字中。原来墓碑上的文字，才是这世界上最短小精彩的诗。

这以后，某种程度上说，藤镇成了我心目中家族的归魂地，是叶落的那抔土壤。

据说大象在感到自己将去的时候，会走到一个族群中世代相传的洞穴，独自面对死亡，藤镇如今也有了一丝这样的意味。但也正因如此，我并不喜欢回到这里，它的落后、陈旧、木讷、阴暗以及潮湿都成了我抗拒它的借口。

3

初中后，我去了上海，也就错过了以后每个回到藤镇的清明。算来也快七八年没去爷爷奶奶坟头看看了，很难说是庆幸还是遗憾。

正月里，爸爸说要去藤镇探望舅公，一个风烛残年的老人，我便跟着去了。是个阴天，很是应景，就像一部烂片还未开始放映便已经让人觉得冗长。

久别重逢，这里还是没什么大变化，遗憾的是，河边的滩涂被开垦成了菜地，那些小蟹不知飘零何处。

一路上爸爸碰到许多熟人，听着他和那么多"陌生的名字"寒暄：家长里短，近况旧事，不断地重复着介绍，"这是我儿子"，我看着他脸上的笑，知道藤镇还认得他，但我从来不属于这里。藤镇是爸爸一直惦念着难以忘怀的地方，这里有他所有的回忆，葬着他的父亲和爷爷，他应该也会最终凋零在这里。只是对于我这样的匆匆过客，行走在父辈祖辈故土的异乡人，藤镇又意味着什么，又将意味着什么呢？恍然间，我成为了象群中流离失所的一只，与那块墓碑愈发遥远，一点点地看着它隐去在草莽和岁月中。

舅公和舅婆的家非常破落，和那间祖屋是同一个年代的产物，砖木结构的二层土楼，年久失修，早已无法遮蔽风雨。靠着后山围了几块岩，放养着七只鸡，五雄两雌。推门进去，偌大的一层没有一盏灯火，靠着自然光，依稀可以看到堆着许多杂物，方便面的一次性碗，空的蛋糕盒，几只空置的大水缸，都同样布满尘灰。再往里是灶台，架着一口有许多凹凸的铁锅，炉火还没烧旺。余下的便是一些木质的桌、条凳和碗橱，漆早已没有了一星半点，裸露出的原木也都布满了深深浅浅的磨损。二楼想来应该是起居室，我没有上去，用家徒四壁来形容这一切，我想并不为过。

舅公沉默地坐在角落里，一言不发，也没有任何表情，眼神并不像一位耄耋的老人，而像一个幼儿园的小孩，流露着天真。

以往扫墓的时候，舅公总是扛着锄头和扫把走在第一个，但现在他已经完全糊涂了，没有任何关于我的记忆，连回忆爸爸都费了不少时辰，喃喃地来回重复着名字。舅公的脊椎因为年轻时担了过重的担子，自我记事起便没有挺直过，始终弯成九十度。爸爸想扶他起来去外面走走，但最终还是放弃了。沉默了半晌，爸爸说："怕是过不了今年了。"

午饭吃得很压抑，一桌人心事重重，不时地看看舅公，而舅公只是自顾自费力地对付着碗里的年糕，费力地夹，费力地嚼，一个多小时过去，只咽下两口。舅公是他兄妹三人中唯一还在世的，站在他环堵萧然的家中，我想或许清醒地活着对他来说反而是种煎熬吧。

回家前，爸爸和我一起在小河边驻足，听他细数发生在藤镇的童年故事。我怔怔地望着水里的一片落叶，顺着水流时缓时急地漂荡，忽地转过一个大弯便朝东去了，再也难觅踪迹。

逝者如斯，一刻也不曾为了什么停留，只有藤镇始终冷眼旁观着山脚下的生老病死、颠沛流离。

时光的洪流里，我们顺流而下，相互陪伴着走过一程，将浮根之所系谓之故乡。然后盼望着，盼望着，最终，成为浩海里的一撮余烬。

这儿最终成了家

史努比

六月，大阪进入雨季，今年雨水不是太多，天总是阴天，能插空骑车上下班。

有一天，我突然想换条路线下班回家。经过一个新修的公园时发现了路边的合欢，叶子嫩嫩的，合欢红色的花儿开得正好，就像一团团红色的绒线，已经快黄昏了，叶子也羞答答地合着，心里不由一震，"你怎么会在这里？"

小时候特别喜欢合欢，离家不远的文化馆里头有一棵特别高大的合欢树，树下还有一块石碑，我经常去那里玩。那时候还不知道花的名字，只是觉得红红白白绒绒的，自己叫它"绒线花"，还摘下来夹到书里当宝贝。初中的时候文化馆重建，合欢树和石碑都没了。而在那以后，上学，工作，住在北京西边，经常去植物园，我似乎都没有再见过这种树。合欢就像儿时的一个梦中幻象，一度我还以为它是属于南方的树种。

有意思的是，你寻寻觅觅地，觉得那是个宝贝，是个标记，是个纪念碑式的东西，简直看到就一下子开启了乡愁模式，可是找到后才发现原来它到处都是。继路边的合欢之后，我发现上班的校园里混在竹林间有一棵，下班路上刚出东门的墙边也有一棵，小区后面去超市的近道台阶边还有一棵，更惊奇的是，孩子们日日骑车玩耍的那个大公园里，最外围的栅栏外居然有一整排！"蓦然回首，那人却在灯火阑珊处。"

很多在海外的人都会计算自己在外生活的年数。特别是人到中年，在海外的时间已经超过在国内的年数时，才会真正切换心情，接受自己一直在外的事实。而此时，让我在大阪看到合欢，仿佛一下子回到了小时候，时光错乱地想，我是不是一直在这里？又或许它是一个暗示，"安心之处即故乡"，这也是故乡的另一个定义。

人生总有那么几次定位的机会，就像上学时常说的：人生虽然漫长，关键时候就那么几步。

一直记着二〇〇六年夏天的某个早晨，同样的梅雨季节，天有点阴，近处和远处的山深蓝如黛，处处紫阳花开，有点微风有点细雨，我一时兴起走路去上班，五公里，一小时，其间若干次停下脚步拍照片。晚种的稻田里放满了水，能看到插秧机履带的痕迹和人工补种时的两行脚印；路边的菜地里，葱旱地拔起，头顶着大大的一朵花，根部鼓出大包来；西红柿已经有鸡蛋那么大了，跟我家院子里的不分伯仲。

路上人很少，走了三十分钟回头望，当然看不见家的影子，不过我知道那一片红顶的建筑当中有我的家，它后面不远就是山，雨水多的时候会有蜘蛛和蜈蚣出现在门口的台阶上，有时候还能看到大王派来巡山的猴子，小小的后院里花儿才开败，茼蒿我们没有收，直到开出了雏菊模样的黄色的美丽花朵，大蒜还在地下酝酿，西红柿再过上两周就可以收第一茬了。

三十分钟前我锁了门，锁门后我又开了一次，把刚送来的牛奶从奶箱拿出来放到冰箱里，再锁好，这样出差在外的男主人手机上会收到六封电子邮件，邮件上告诉他"钥匙一"出门了。我站在红绿灯前，回头张望着家的方向，第一次真切地感受着，我在这里，生活也在这里，有一扇从包里拿出钥匙就能捅开的门，打开灯，把郭德纲的相声光盘打开，坐在窗前的沙发上，就是我的王国。

"你在哪里，生活就在哪里"，也有点像《冰雪奇缘》里艾莎甩开发髻跺着脚唱的那句"Here I stand, here I stay."

那个早晨，出国两年多的我头一次意识到自己也是大阪八百八十万居民中的一员，头一次把自己的生活定位在了大阪。

出国最初是为了工作。老妈不同意，说就待在北京不行吗？我想去看你的时候买张车票就去了，去日本，隔着海多不方便。

我心想，在北京待了十二年您老来的次数也不过一个巴掌就能数过来，去哪儿还不都一样？还得安慰她："多近啊，飞机三个小时就回来了，比起欧洲美洲大洋洲那不就跟邻居一样？"也没有"头也不回"，反正就是走了。仍然工作着，玩着，结婚，生了一个孩子，休了一年假，回来上班，又生了一个孩子，休了一年假，再回来上班，上着班，跑着幼儿园和小学，转眼十一年了。

先在公司的单身公寓里住了两年，公寓管理员是个特别热心的退休老人，梅子下来的时候买了大包的青梅、冰糖还有烧酒，塞到我的邮箱里，还附上泡青梅酒的方法。有时候值夜班，他就打电话来叫我去管理室喝酒，我跑到公寓楼下路口拐角那个小小的"章鱼丸子"店买两盒小丸子回来吃，喝十几年甚至三十几年的青梅酒，不会醉。每天去上班经过管理室的时候打招呼，有时候管理员会叫住我，塞给我一个大苹果。他们退休后返聘在公司的这些福利机构里，生活很规律，每周有一天背着便当坐电车去爬山，偶尔我也跟着去，在山上能碰到鹿。公寓楼下还有一家餐吧，周末有时候就拿着电脑坐在窗边的座位待半天，餐桌上也有个小台灯，特别像理工大学南门的那家"雕刻时光"，就是没有涂鸦。

大阪不大，从北往南，坐那条一百多年前建造的地铁"御堂筋线"穿越城市不过几十分钟；大阪处处有水，处处有桥，宽宽的淀川河边，夏天有盛开绽放的梦幻焰火；大阪人执着地讲着自己的方言，性子急，声音大得像吵架，北方人待在这儿有股莫名的安心感；大阪的春天和秋天特别长，春天到处是樱花，秋天到处是红叶，不用大张旗鼓地去赏花看叶，带着便当随便一个小公园铺张垫子就是一天，孩子们四处奔跑，眼里没有风景。夏天有点热，冬天不太冷，如果非要找个季节缺陷的话，那就是冬天的雪太少了，对北方人来说不过瘾。

大阪人乐观、自来熟、爱开玩笑：在路边水果摊买一袋橘子，老人收到三百日元的硬币后扔到纸盒里喊"嘿！收了三百万！"；在热闹的道顿堀地区坐观光船，如果你向河两边的路人挥手，大阪人多半会有回应；大阪人爱热闹：热爱的阪神棒球队如果拿了联赛的冠军或者取得某赛事的胜利，总会有忠心的球迷从道顿堀的某个桥上跳到不太清澈的河里以示庆祝；欧巴桑尤爱热闹，爱穿豹纹和有老虎头的 T 恤，站在街边门口一聊就是一个多钟头；大阪人爱吃：平价的街头小吃更受欢迎，家家都有烤章鱼小丸子的铁盘；大阪人谨慎：钱匣子管得紧，很多电话要求汇款诈骗的都在大阪栽了跟头；路上总能看到警察，骑着自行车，骑着小摩托，开着警车，同事家姑娘放学，学校附近停着一辆警车，警察跟孩子打招呼"没事吧"，孩子拔脚就跑，"没事。"这也是学校安全教育的结果，"不跟陌生人说话"。

结婚后，我一直住在大阪北部靠近山的地方，从山脚下开车一直往南，四十分钟就可以扎到大阪港的海里，工作生活都在方圆十公里之内，女儿和儿子各有一个，女儿开朗豪放，儿子羞涩内敛，反正都不照着期望的方向长，养育俩孩子对于我来说有点重生的意思，没孩子之前可以天马行空到处乱跑，住家周围的邻居跟我都没关系，有了孩子以后慢慢地认识了很多人，在超市在车站在公园在温泉都能遇到熟人，这也是时间的功劳。

孩子们每天放学后，骑车在附近的大小公园呼啸而过，女儿的交通工具日渐升级，三轮车，自行车，独轮车，滑板。她最爱的是独轮车，据说骑独轮车是上小学后孩子们都要掌握的技能，她骑着独轮车上坡、去超市，我想将来实在没有工作的话，就让她多练练这个手艺，也好街头卖卖艺。周围的孩子们都是从小一起长大的，一个幼儿园，一个学校，他们知道哪个孩子的家在哪儿，公园里会认出更小的孩子或者更大的孩子，"那是谁谁的兄弟，谁谁的姐妹"，跟我们小时候一样地见风就长。

日本的生活"重合同守信誉"，一切按部就班依规矩，不需要暗藏心机到处结人脉，孩子交给幼儿园，生病或者有急事的时候与市役所登记的志愿者结对儿，也算是良心小时工，我迫不得已要离开几天时，日本婆婆会拍马赶来救急，但是日常的照顾绝不伸手，她总是寄来很多时令蔬菜，打电话说："很辛苦吧？加油哦！"她七十多岁，在那个遍地八十多九十多还弯腰弓背地推着小车去田间劳作的"乡村"都市里，她还算个劳力。所以我一直自己带着俩孩子，天天跟他们泡在一起，从早到晚，偶尔疲倦，但兴味盎然。

现在还是梅雨，雨后看巴掌大的前后院里生机勃勃的青橘子、青柚子、青葡萄、青西红柿和青豆角，突然发现那棵葡萄树不知道什么时候由手指头粗长成了中年大婶的手腕那么粗。果真是"十年育树"。

据说很多合欢是由随风飘走的种子孕育的，我突然发现的那些合欢，是不是也像我一样，是随着十多年前那场清风，漂洋过海来到这里落地扎根的呢？

它流经的地方都有相同的光芒

Grassy

总是要写一写巴黎的。

但实际上一开始选学校，根本就是刻意绕过了巴黎，宁愿先在一两个低调的小城里生活。反正也不必急，巴黎总是要去的，我喜欢它很久，相信它也喜欢我，没有会错过的道理。

没想到很快就去了巴黎，是和小苦一起去的。

认识小苦是因为我俩给共同喜欢的一位作家写了书评，然后莫名其妙地就互相关注了起来。我们都觉得对方讲话有趣，但也会因为不熟不愿意随便评论，也许因为有天发现两个人都不约而同地来到了法国并且都跑去看了一部叫 *Mommy* 的电影，才决定一定要在法国见一面。这个见面地点理所当然是"要和对的人一起逛"的巴黎。

去巴黎是在去年深秋，乘了四个多小时的火车，沿路许多树木都已经枯黄，风景是单调重复的，经不起久看。我想着前一天在地图上标注的莫迪亚诺小说里提到的地名：奥德翁剧院，穷人圣朱利安教堂，再往远处走就是小说女主角的家，那个被称为"地狱边境"的地方，就在蒙帕纳斯公墓附近。除了那些人尽皆知的地标和人尽皆知的艺术家，我对巴黎又知道些什么呢，想到这里，内心其实不无沮丧。

出了火车站，天已经黑了，要一个人去找之前订好的青旅。手机不能上网，旅馆又藏得很深，拿着手绘地图绕了好几个弯，又去问路边行人。第一个人说我不住在这个区，我也不清楚，后两个指给我截然不同的方向。好在后来总算到了。

没多久小苦就来了，他戴了顶老式的贝雷帽，藏青色的外套灰色的裤子，更像是上个世纪的人。放好了行李，我们就一起去吃东西，两个从未见过面的人，才聊了没几句就知道这次旅行是不会出错的了。

第二天恰好是周五，卢浮宫开放到晚上九点半。我们起了大早，出门就遇上大雨，破碎的梧桐叶湿答答地黏在青灰色的街道上，好像巴黎就应该是这样的：灰蒙的天和无止境的雨。公车恰好来了就赶紧跳上去，清晨的车厢也挤得满满当当，每个人都是一副很严肃的样子，小苦指给我看：那边有个人在化妆，这种场景在巴黎地铁上也比比皆是。

在塞纳河左岸下了车，雨已经停了，实际上后来直到我们离开都没有再下过雨。空气是清朗的，道路十分宽阔。河岸的旧书摊还没有开门，放眼望去都是深绿色的铁皮箱，城市安静而庄严，好像空气里有一些什么把嘈杂吸走了。来到卢浮宫门前排队，等的人还不多，但只站了一小会，身后就排起了长龙，时间到了卢浮宫也没有开放，周围的法国老太太也没了耐心，转身跟我们骂起工作人员来。小苦点了支烟取暖。

等到整个人几乎彻底冻麻木了，入口才终于敞开，让人感叹这真是为艺术牺牲。

但很快也就得到了安慰，很早之前就认识的画出现在面前，我们都不再讲话，静静地看一会儿，再向对方指"这个好美啊"，好像除了"好美啊"也找不出别的词，美也就够了。走到古希腊罗马雕塑展厅的时候，天空已经放晴，阳光透进来，洁白神圣的雕像因此多了些柔和。这些雕像都没有眼珠，也就没有神情，没有好坏，也没有是非。每个人物都有一双赤裸的足，没有瑕疵，没有褶皱，因为那不是用来行走在人世上的。

我们一直走到脚酸得走不动才找了个便于看画的地方坐下来休息，一路看过来，很多时候都在查名字，"我见过这个的，""我也看到过这个。"大师果然是不同凡响的，到了卢浮宫才深切感受到文艺复兴的意义，属于中世纪的画作实在太压抑，在许多黑暗的作品中，达·芬奇真的是那个能让普通人发光的天才，于是不再质疑伟大，就像不再质疑美的意义。

　　夜一点点降下来，夜晚的德农馆变得很安静，走到了十七到十九世纪油画区，展厅里的灯光是略微昏暗的，有一些莫奈和雷诺阿的作品，那些画都是小小的，河流依旧闪着那个年代的光，风把树的颜色吹得一片模糊。小苦找到了他临摹过的一幅风景画，我也就认识了柯罗，他画中的树叶像是一团软软的绿色的雾，那样轻盈地裹在树干上，柔和的色彩里又有一点忧郁。

　　"他画的树好美。"

　　"是啊，好想生活在这里。"

　　"嗯，这就是曾经的乡村，以前的人们就真的是这样生活的。"

　　晚上的金字塔是照片里那种好看的样子。算了算，在卢浮宫里泡了整整九个小时，心里湿湿的。出门便望见了铁塔，我们穿越草地，找了家小店吃了最便宜的烤肉串，之后又走了一段，找到了花神咖啡馆，还是不能免俗地想去一坐。全巴黎最有名的文艺咖啡馆，一杯咖啡的价格都是隔壁的两倍，咖啡馆里挂着莫迪里阿尼画的女人像，漆黑的眼睛淹没在一片昏暗里。

　　"像我们这样作的文艺青年。"小苦说。

　　"对啊，就是这样作的文艺青年。"

　　接下来几天也是这样过去的，白天去博物馆，晚上先用廉价快餐填饱肚子，再找家咖啡馆聊天。深夜很冷，每家咖啡馆从里到外都挤满了人，这个时候不会觉得欧洲人有多么注重个人隐私，每个人都听得到邻桌在讲什么，侍者单手端着餐盘自如穿梭在圆桌间。在耗费一天脚力后，没有比坐在暖气从屋顶蔓延下来的露天咖啡馆聊天更惬意的事情了。咖啡总是美味的，夜色总是温柔的，话题也永远没个完。我们谈了文学、电影、画，还有其他，太多了。一切我们知道的都可以拿出来聊，每天都要给彼此布置一大堆功课。

"巴黎好美。"

"是啊，看到什么都感觉好开心。也不知道为什么，就好像过去都没有真的开心过，来了法国以后才学会该怎么开心。觉得以前的自己真是傻，那么长的时间里，是为了什么事情在苦恼呢，时间居然就在这么多烦心事里过去了。"

"我也是这样的感觉，你不知道我以前是怎样的人，各种事情都有可能让我难过，来这里后才意识到日子是可以这样过的。"

"我看到家对面的山每天都有不同的样子，就觉得总有些什么值得期待。"

"我现在有时候会花两个小时做饭，室友都受不了我，可是我是真的喜欢上了做饭。一个人住真的好棒，我特别喜欢我的家，有一个超大的开放式厨房。"

"也是来了这里才发现做饭的乐趣。"

"是啊，生活才最伟大！"

某个晴朗的下午，我们去了拉雪兹神父公墓，那天天气出奇地好，洒进墓园的阳光更加洁净。从来没有想过一个墓地可以这样美。曾在《巴黎，我爱你》中见过它，是阴天下的样子，仿佛墓地本该如此。然而这个下午，阳光扫空了死亡的气息，安眠在地下的似乎不是尸体而是灵魂，夜晚，名人们会轻声交谈吗？我们是不知道的。

墓碑的设计不尽相同，青铜像精致如展品，被锈迹腐蚀的脸庞令人动容。

"我甚至觉得这里比卢浮宫还要美。"

"我也有同样的感觉。"

有一些墓碑上写着故事，纪念自己的妻子丈夫，或是早夭的孩子。没有为墓碑拍照，那些故事便也记不清了。依稀记得有一句法文，大意是不要在意这些死去的人，那些活着的才更为重要。

普鲁斯特的墓边放着许多地铁票和栗子，一查才知道法国有"把栗子放在枕旁就能保佑安眠"的说法。自然要去看一眼王尔德，因为献吻的游客太多，他的墓碑已经被玻璃罩保护起来了，我们经过时恰好有一位眼睛明亮的青年隔着玻璃给了王尔德墓碑一个飞吻。《巴黎，我爱你》里有这么一段，一对情侣在王尔德的墓前吵架要分手，女生走了男生却没有去追，这时王尔德的鬼魂出现了，他对男生说："如果你让她走掉，你会死的，你的心会碎的，这可是最痛苦的死法。"

给小苦讲了《夜莺与玫瑰》，小苦说："我已经爱上王尔德了。"

晚上照例去喝咖啡，聊起安徒生、王尔德和一切写童话的人。我讲了《枞树》和《衬衫领子》，小苦认真地看着我，他的眼镜里映着对面街道的灯光，我也被故事感动了。要知道，能遇到一个明白你在说什么的人是很难的，而得到这种毫无疑虑的确信则更加困难。

"突然好想去买王尔德和安徒生的书啊。不知莎士比亚书店还开门吗？"小苦说。

"不知道，假如开着呢？"

"快到十点了，我知道怎么去，要赶一下吗？"

"嗯，我们跑着去。"

一路跑到书店，它还静静亮在那里，像一盏不会熄灭的灯。推门进去，听到人们轻声交谈，仍有不少人在选书，看来距离打烊还有段时间。书店其实并不大，一本本封面精美的书挨挤着直堆到天花板上。我们找到了想要读的书，小苦又买了本爱尔兰作家托宾的《杀死你母亲的新方法》，结账的时候店员问："Do you have any trouble with your mother？"大家就一起笑成一团，过会进来了一位台湾人，他拿着本《祖与占》的电影剧本问我们这是讲什么的，我们就解释给他听。

"真是好疯狂。"

"对啊，我好喜欢这本书，简直想把它译出来。这是我想要做的事，做喜欢的事情是不怕累的。"

"真想在巴黎开一家书店啊。"

"一家中文书店。"

"中法双语。"

"各个语种。"

"四十岁的时候在巴黎开一家中文书店。"

那天好像是走回青旅的，六七公里的路，走了一个多小时也没有感到疲惫，整段路上，我们不是在聊天就是唱粤语歌曲，我们的发音都不准，还是要硬唱出来，"问那快乐为何来去如飞，像那天上白云乍离乍聚。"路两旁的橱窗彻夜明亮，街道是暧昧的。专程去索邦大学逛了一圈，再走一段，遇到一个关闭了的小公园，森森的树丛很吸引人。围栏很矮，我们就翻了进去，也有几个法国年轻人在里面走，公园里的地面是沙土混合的，踩上去很舒服。周围很安静，闻得到树的气息，在这里似乎黑暗也不值得畏惧，走不远就有高大的建筑亮着守护的光。

离开那天去了卢森堡公园，它有着一个理想公园的样子，孩子在玩耍，老人们悠闲地靠在长椅上，年轻的恋人牵着手经过，圆滚滚的鸽子自在走动，一些彩色的椅子乱七八糟地散落，一切都笼罩在阳光里，满地落叶也引不起丝毫感伤，一切看起来都是幸福的样子，没有隐忧，没有牵挂。生命是饱和的，于是在某个瞬间也不禁要担心起来，如果我们一生被配给的快乐是有限的，那是不是该慢一点用才好。

"在法国经常会想，怎么可以保持这么久的好心情，这完全不合情理，几乎不可能在我身上发生。"

"是啊，真怕以后都不能这么开心了。"

"也是很奇怪，好像连伤感的精神都没有了，是出境的时候被扣下来了吗？"

"总之能开心就继续开心下去，不需要想这么多啦。"

已经是秋天了，树枝在地上映出斜长的影子，深浅的层次让我想起阳光下的河流泛起的波浪。此刻阳光下的塞纳河是怎样呢，我只记得它在夜色中泛着光的样子，宽阔的，不息的，她流经的地方都拥有同样的光芒。想起《英国病人》中的句子："她最大的愿望是可以有一条河"。有河流的城市拥有某种无法被模仿的力量，甚至，它们永远不会真正消失。比如巴黎，比如许许多多的城市。海明威讲的是对的，巴黎不知在什么时候已经慢慢流进我的身体里去了。

此刻，我们途经梦想，且作停留

钱欢

经历决定了人们对自己生活的城市会抱持怎样的态度和情感，所以我想，关于厦门，我只要写下我自己的经历就好。

十六年前，大学毕业将满一年时，我告别了故乡新疆，回到大学所在的城市武汉，在武汉停留两个月后，又踏上了前往厦门的绿皮火车。前途，未知；原因，爱情。

那一段旅途并不算长，却有很多独立存在于记忆里的片段：黑乎乎的车厢过道里忽然跑过的小鼠，对面戴着粗大金项链说他是黑社会大哥的男人，以及午夜时分，趴在小桌上昏昏欲睡的我，第一次因为对未来的惶惑，体会到那种心脏忽然被紧紧攥住的感觉。

在厦门的第一年，回头想来不算坎坷，却似乎特别漫长。学长帮忙投的一份简历，让我进入一家开发海上游乐项目的公司，公司在胡里山炮台附近的渔村里租下了一间民房作为我的宿舍。

这是一家合资公司，从总经理、行政人员到财务，都是各投资方安排进来的，只有我，是公司里唯一一只"外来人猿"。从上班第一天起，我耳边尽是一个字也听不懂的闽南语，大家目光掠过我时，偶尔会把语言调回普通话，然后在我还来不及反应时，频道便切换回去，我就又被圈在他们的话题之外，开会时，我的会议记录总是一片空白。公司里有位骄纵跋扈的副董事长千金，常常开着雷克萨斯带我一起去中山路逛街（想来不乏炫耀的成分?），在一间服装店里一买就是三千块，而那时候我的月工资只有八百块。

公司在海边建营运场所，为了安抚那带村民，只能接收他们进来做一些杂务，我有时也得和他们打交道，那些皮糙肉厚的老男人总是故意在我面前开一些粗俗不堪的玩笑。当然也有温和友好的同事，但我仍然一直觉得自己在这里是个异类。

我想，厦门人是骄傲的，至今仍这么觉得，即使去看过外面的世界，对于自己的城市和生活，他们仍然有种坚定的优越感。

谈不上有多大的压力，但那一年却是我心态和工作状态最差的一年，有时早晨醒来，躺在出租屋内的小床上，我会觉得自己沉入了一种无边无际的灰色情绪里。有那么一两次，我甚至睡到中午不去上班，那时还没有手机，谁也找不到我。下午硬着头皮出现在办公室，我知道那些听不懂的语言里一定有对我的非议，但不想去管它。

总经理是个老头，他对我的责备倒是不太多，因为在那些人里，真正能干活的没有几个。

孤独。从新疆到厦门，几乎是国内最长的航线了，而我能依靠的一切，从决定离开的那一刻起就已成归路迢迢。

唯一亲近的人是大学学长——我当时的男友，他在集美工作，日夜忙碌不堪，只有周末，我们会坐近三个小时的车，去看望彼此。

我的小屋离海很近，走三分钟便是沙滩。夏夜的海风很凉，冷醒了我就起床关掉风扇。那时人们的休闲生活里还没有咖啡，只有工夫茶，很多村民在沙滩上私自做起了买卖：摆桌椅供客人泡茶、烧烤，租救生圈。有位邻居大姐人很热情，偶尔我会向她借一个救生圈下海泡泡水，有次海水退潮，我不知不觉地漂到了下游海岸，回到她那里时已经很晚。她一看到我就大叫起来，告诉我她已经去海边找了我好几次，来自一个并不相干的人的关心，在那时带给我许多温暖。

后来，学长给我找了一个伙伴——一条叫小白的母狗。房东和邻居家的公狗都爱上了她，只要我们出门就一左一右地跟着。傍晚，我时常带着它们三个去附近散步，我们先去珍珠湾，再一路走到厦大。如今要排队检验身份证才能进去的厦大，那时候还是我可以带着一群狗散步的花园。

这一年，我经历了厦门五十多年不遇的十级台风，离小屋几百米外的海边，拍岸的巨浪已经有八至十米高。同事出门觅食，刚走上环岛路就被风吹得小跑起来直至摔倒。停水停电，学长冒着大风大雨从集美辗转几个小时来陪我，开门时他的雨衣没有穿在身上，而是抱在怀里，包着一束从被台风吹开了门的花店里买来的玫瑰。

　　这一年，两个同窗好友先后来厦门找我，他们曾一同住在我的小屋里，男生睡上铺，我和另一个女孩睡下铺，夜里起床煮泡面，然后一起爬到对面的屋顶上看流星雨。下班回到小屋，门口一条狗、屋里两个人，他们在等我，忽然就有了家的感觉。

　　但这一年还没走到头，我和我的学长就分手了。他离开了厦门，为他来到厦门的我，却就此在这个城市扎了根。

　　后来，同学走了，小白丢了，我和董事长的女儿吵翻了……

　　再后来，我重新有了恋人和两三好友，调到同一公司旗下的另一机构工作。我搬到了同属于曾厝垵村的西边社，那里是厦门最早的文艺青年聚集地。小巷里住着告诉我"点大麻做爱特别爽"的乐队主唱；路边刀削面摊旁时常有长发帅哥弹着吉他；认识了一个厦大国画专业的姑娘，她教我在啤酒瓶上画油画。据说高晓松曾在附近住过好长一段时间，那首《冬季校园》就是在厦大写出的作品。而我对厦门的文艺情怀，是不是就是从那个时候种下的呢？

二〇〇〇年至二〇一三年，我和朋友们游荡在厦门并不繁荣却最本色的年华里，我们逛遍厦大一条街的各种小店，去博物馆附近刚刚开业的 KTV 唱歌，在半夜的湖滨南路边和出租车司机讲价，坐公交车到湖里菜市场吃盆热气腾腾的水煮活鱼……那是至今仍念念不忘的流金岁月。

在时光里，这座城市和许许多多的城市一样，成为了故事主角买房、结婚、为人父母的烟火之地。潜移默化中，我们总是受了那些风物的滋养：古早味小吃藏在略显简陋的小巷里；道路两旁的各色三角梅永远开得任性恣意；任何季节的海边，都有人放着风筝晒着暖阳……

厦门，似乎是一个可以谈论梦想的城市。

我有一个在厦门相识、不到一年便分开的知己——她去了上海。受她的推动和感染，我在孩子不到一岁时开始在工作之余经营小店，下班后，我得坐公交车到位于中山路的店里上班，直到夜里十一点多回家，然而生意一直惨淡。

一年多后，整个商场的商户搬迁一空，我又想办法租到了当时人气最旺的商场小柜台，三平方的小柜台维持了近三年，仍然只有付出没有回报，但它似乎是我与梦想之间最后也最微弱的牵系。直到二〇一一年，工作超过十年的我，正式辞职踏上了想要走的道路。

辞职三个月后，我在鼓浪屿拥有了一间小店，并在店里写下了一句话：此刻，我们途经梦想，且作停留。

四年时间，见证了鼓浪屿的风云变幻，从起落得失到平常心态，已经不及细数曾涨过几倍租金、换过几次店面。数不清的咖啡馆、酒吧、各种各样的小店开了又关，果然是途经梦想，而我尚且在此停留。

是的，这是个无数人离开后仍会留恋的城市，它不博大，但懂得接受；它不深刻，却知道理解。

它允许我这样一个其实不善经营理想的慢热的人，在工作十余年后仍不忘初心；允许我以近四十岁的年龄，还在这里丝毫不觉着愧地谈论梦想。它给了"不在书店""吉治百货"这样理想化的所在存在的理由，给了"旧物君"和他的破烂仓库、破烂花砖柳暗花明的出路。

有时我会想起曾经感觉遥不可及的那些人和事，我曾觉得厦门是他们的城市，但今天它终究成为了我和许多异乡人的城市。

而这一路的历程让我知道，无论将来面对怎样的际遇，自己已经比从前更宽广、更慈悲、更强大。

克莱德河上的羽毛

村上春花

Passenger[①]有一首歌叫 *Feather on the Clyder*，是这样唱的：

有一条河流经格拉斯哥城，

河造就了城，敲破了城，

又把城切碎；

河水像我的血液一样流淌，

越过小山，流经脆弱的骨骼，

淌进我焦躁不安的心。

这条河便是流经格拉斯哥市中心的克莱德河。

我曾经在河边住过些日子。

---

①英国乐队。

认真回顾，唯一的印象只剩下在冬天的早晨穿着厚大衣赶去火车站的情景。天色未亮，沿河的街灯和对面船厂的亮光照在河面上，也说不出个美丑，一切都静悄悄的。我就听着这首 *Feather on the Clyder*，想尽快走完这段路。因为没有遮挡，风实在是大了些。偶尔会冒出些想法，比如 Passenger 为什么要写这首歌呢？也是一闪念就过去了。

心血来潮的时候，就沿着河边跑个步。我跑步的初衷很单纯，艳个遇啊什么的。无奈脱离了高跟鞋的五短小身板魅力不足，于是也就悠哉地改为看河景了。我不清楚城外的克莱德河是什么样子，只是听说这是苏格兰最有名最重要的河流，是曾经作为主要工业城市和世界最大造船业中心的格拉斯哥的支撑。

夜晚的克莱德河同早晨的大抵也无多大区别，只是在市区的河段，BBC 大楼和会展中心的灯会亮起来，延伸到博物馆，延伸到大船，延伸到没有人的高地。跑步的人和骑车的人也渐渐多起来，大冬天穿个短裤汗衫戴着大耳机跑得热气腾腾，迎面遇到了点头微笑。跑一段歇一段，不经意就下点雨。

有天晚上，我在路过 BBC 时停下拍了个照，也就那么一小会儿，这雨就倒下来了。于是很自怜地发了个朋友圈，说跑步下雨啦没伞啦云云，还特意定位显示了地址，期待有心人送把伞，大概是被雨浇坏了脑袋，这自怜也真的只是自怜啊，哭笑不得。

往回跑的时候会通过一条红色顶棚的通道，左边是人行道，右边是自行车道。拐角处经常有人把吉他包扔在地上，站着弹唱。通道里人流量很大，大概是因为通往河那头的表演场馆和体育中心吧。作为音乐之都和拥有两支老牌足球队的格拉斯哥，演唱会和足球赛事也就成了当地人的重大节日。每次逆着人流，看着迎面的陌生面孔，都会心想我怎么会在这里啊，头上还冒着热气呢，这真是件奇妙的事。

从第一次听到这个城市名字时的奇异感，到之后一系列事情的走向，好像真有"冥冥之中"这回事。或者，叫吸引力法则也好，命运的安排也罢，出现在这里总是有缘由的。这听起来有些玄，但我还是不可抑制地相信了，并自我催眠式地坚信不会离开。

这种没来由的自信并不是因为爱这土地爱得有多深沉——我连市政府在哪都不知道，本地几个著名旅游景点从没搞清楚过，对这城市的历史也说不出个所以然，讨厌一周下七天雨，衣服永远不是晒干的味道。奇怪的是，这份陌生带来了一种不可思议的安全感。

我像脱了缰的野兽，奔跑在广阔之地，无边无际，肆意地体验着各种漫无目的。

漫无目的地在街头拐角的咖啡馆闲坐一下午，漫无目的地对着凯文葛罗夫艺术博物馆里那幅海景油画和为数不多色彩艳丽的凡·高画作看上一会。

漫无目的地谈着毕业就分道扬镳的恋爱。就像克莱德河上的羽毛，感受不到一点点重量，只是漂浮着，流动着，唯一担忧的是河流的尽头。

这尽头便是旅程的终点，身后的一切也被时间这把利器一层层削割，越来越薄。

有时候，我会想，我大概是可以回去的吧，哪怕是短暂地停留，在学校那座几百年的教堂里做一个新娘，不需要很多面孔出现。

是的，我幻想过无数次这样的场景，也许是和某一位前任，比如 David 同学。

David 是个积极乐观的小青年，热衷于参加各种社交活动，严格执行每天的工作学习计划。坚持每天六点起床去学校游泳馆游泳，吃健康的食物，结交各种朋友，老的少的男的女的。

我认识他的时候他已经是学校的小小名人，举办各种关于高效能和个人品牌化的讲座，主持学校的 TEDx 演讲，只是那时候我还不知道他是如此精力充沛。

学生会每年一月份都会举行一些苏格兰民族舞会，纪念著名的苏格兰诗人罗伯特·彭斯，我就是在去年的舞会上认识了 David。当时我正站在角落里百无聊赖地拿着杯啤酒发着信息，David 双手迎了上来，我的朋友一把夺过我的啤酒和手机，将我推了上去。而我本是个手脚笨拙的人，根本不知道如何扭动身躯，于是尴尬沉默地随着 David 的舞步，还时不时地踩到他的脚。

David 似乎也不是个有舞蹈天分的人，总是忘记下一个动作步伐。

"我好像在哪里见过你。"

我忍受不了这样的尴尬，率先打破了沉默。

"也许吧。"他笑笑说。只觉得回答里透着一股没来由的自信。

我忽然想起，曾经在某职业网站上收到过一封他求推荐的站内信，那长长简历上面的脸与眼前的这张与实际年龄相距甚远的脸终于对上号。

后来他来我家吃了一顿饭，我去他家吃了一顿饭，我们一起参加了几次活动。

我记得他来我家吃饭的那次，我一个人在厨房忙了很久，大鱼大肉地端出来很多。他吃得很欢乐，完全没有拘束感，反倒是我紧张得说不出一句话。这种紧张并不是因为我喜欢他，而是本身就存在的跟陌生人无法交谈的局促感。他无奈地说："我的专长是让别人放松，没想到你这么紧张。"我说："你知道《生活大爆炸》里面的印度男只能在喝过酒之后同女生说话吗？我现在就是他。"说完便给自己倒了杯酒灌下去，貌似确实好多了。

再后来，我便成了 David 的女朋友。只是这种关系最初像深秋迷雾里藏着的面孔，看也看不清楚。

我们像普通朋友一样出行，不牵手不亲吻，分别的时候简单地拥抱。他像公众人物一样小心地维护着自己的形象。我越来越感到不满，而我一生气，他总会有万般理由来解释。不知道是因为之前的一段关系让我觉得不必那么在乎，还是根本没那么喜欢，我的不满渐渐消失了。好像一切都无所谓，只是一段时光，一个插曲，一个知道未来走向的故事，故事的结局很老套，叫"毕业就分手"。

当这种清晰理智的想法主导这段关系的时候，一切似乎都在掌控之中了。我不必在乎他今天忙不忙，有没有给我电话或者信息，也不在意他跟谁出去消遣。只在自己愿意的时候给他做顿饭或者出去喝个酒。当然，他需要帮助的时候我也会尽量配合。

他写毕业论文那时，压力大得半夜哭出来，在图书馆从早上待到晚上，我每天做好饭菜送到图书馆，陪他一起吃，一起讨论。终于，他的论文圆满完成了，然后在另外一个城市找了份实习。

这几个小时车程的距离渐渐让我们之间的关系更加清晰。偶尔，我去那个小城，也只是静静享受自己独处的时光。白天他上班的时候，我会去附近的大学看书写论文，然后在他下班时回去，一起做饭。也会说笑，也会拥抱亲吻，会因为洗碗的方式不对而吵架，会因为谁该付买牛奶的钱而争论。快乐的时光也是有的，只是完全没有了热烈和期盼。他依旧是个积极乐观的小青年，每天六点起床做运动，吃健康的食品。只是我已厌倦了他不时从公司前台拿一袋袋的糖果回家而沾沾自喜的笑脸，厌倦了他总是抱怨别人的神情。

实习结束后，他终于没有得到那份工作，便回了家乡。我们之间的地理距离也最终超出了情感距离。每日三言两语的问候，不痛不痒，比朋友多点，比情侣冷点。

他说："你从来就没有在意过，是吧？"

"别多想了，你也知道我们最后会走向哪里。"我回答。

"好吧，晚安，亲爱的。"

"笑脸。"

我似乎找不到继续下去的理由，也找不到结束的理由，只是任由时间来慢慢磨损。直到这个故事最后没有多余的温度，让各自也回归到最初的位置。

不牵手不亲吻，分别的时候简单地拥抱，再见时亦平静地说再见。

这记忆也像远距离恋爱一样，产生的不是朦胧美，而是时间慢慢推移的虚幻和不现实感，进而是逐渐淡去的情感维系，像梦，偶尔想起竟觉得"又害怕又恶心"。

词汇的匮乏也让我放弃了各种文字表达的可能，完全没有信心把一个故事或者一段经历平实地讲述出来。只怕是到最后让自己刻意陷进了某种情绪，同时又让读的人感到黏稠厌恶。

但是，我再也找不到合适的方式去记录，就像我始终没有可得的途径去弄清楚 Passenger 为什么会写那首歌。

而格拉斯哥，它可以是任何一个远方之地；出现在那个教堂里的，也可以是任何人。

　　我想游过这河，

　　河面真宽，我怕游不到岸，

　　上帝看见我的失败，但他知道我尽了力，

　　我日夜期盼能找到一个温暖港湾，

　　费劲心力却一无所获，

　　我已陷入无助与绝望，

　　就像那河上的一根羽毛。

"那里暖和"

杨久春

　　一个五月周末的下午，在楼下散步，阳光像是一把熟透了的谷子散裂到身上，清脆而细痒。之前连着下了好几个星期的雨，那雨连绵不绝，每日滴滴答答毫无尽头。而那天，抬起头来，罅隙之间，光在攒动，叶子婆娑作响，天是难得的蓝。

　　有时候我会觉得人与人，人与地方的缘分奇妙得很。当时为什么选择来广州，已经忘了，大约只是因为老爸随口一句："那里暖和，丫头，你怕冷，就去南方吧。"从此，一年里回家的次数便缩短成两次，一次十一，一次过年。

　　二〇一〇年三月，木棉花开的季节，下了火车，进入地铁，那是我第一次坐地铁，站在车厢连接处，涌进来的风吹得人昏昏欲睡。手扶着行李箱，想着：真这么大胆就来了啊，这是大广州啊。电视里、网络上对广州治安的恐怖渲染，在到达的那一刻烟消云散，那么明媚的广州，那么绿的广州，那么热情的广州。

初来广州时，住在潮湿的城中村里，那些巷子像极了湿漉漉的蛇，蜿蜒曲折。晚上下班，人头会从四处涌来，攒动着，汇聚着，然后又分散到地铁口或者公交站台。脱离了从小使用的语言，有时因为不懂粤语，总要比划半天才能买到一把青菜；因为不懂粤语，连鱼档老板娘卖给我的鱼一斤都比别人贵两块；因为不懂粤语，每次车上都要留意听普通话版本，以至于下车时都跟跟跄跄，生怕跌跟头。可是谁知道，最后我爱上了这浓烈的语言，喜欢上了栋笃笑①，喜欢上了TVB里的家长里短。

记得上班第一天，老总丢给我一张登记照，让我把扫描件版本弄得年轻点。他的普通话很是"普通"，我只能"心领神会"，他不停地比划，我也不停地点头应承。天知道发生了什么，我可是作为程序员招进去的啊。拿到扫描件后，我对着那位快五十岁的大叔，先美白后磨皮，最后把鞋拔子脸给弄成了鹅蛋脸（这是老板重点交代的呢），才总算完工。老板貌似很满意，居然把我叫到办公室，给我提前转了正。讲给同学们听，大家总是哈哈大笑。当然，可能你们已经猜到了，如此随性的老板叫员工走人时肯定也是极其迅速的。三个月之后，这个苟延残喘的公司终于歇业，我也立马就失业了。那是个周六，我还在家里睡觉，接到电话说：

①香港、广东一代流行的单口喜剧。

64

"小杨，明天你不用来上班了。"顿觉天打五雷轰，从床上跳起来，正想问个明白时，电话已传来嘟嘟声……而我的第一反应是，以后早中餐怎么办啊，这不是要逼着自己学煮饭了吗？

还记得做饭阿姨的模样，烫着小卷发，拿发夹夹住。每天早晨到公司放下包，就开始吃早餐。有时候是芝麻酱油蒸陈村粉配酱萝卜，有时候是竹升面里面放了牛肉丸，有时候又是粉肠猪肝瘦肉粥，里面还有切得细细的生菜丝，有时候是每人一个荷包蛋配上一碗牛腩河粉。

上午繁忙的工作后，头晕眼花地看到屏幕右下角的"12:00"，眼睛就亮了。胃空了，身子欠着，等着阿姨从茶水间里发出那一声呼唤："食饭啦！"便赶紧拿着自己的饭盒，快步去厨房。阿姨手艺极佳，单是西红柿土豆炖汤都有种酸甜淳味，党参乌鸡汤呀，大骨黄豆汤呀更是吃得人嘴唇黏黏的、嘴巴咂吧咂吧的。

第一回吃到菠萝鸭简直惊为天人，酸酸甜甜又开胃，原来菠萝也可以入菜！偶尔一人一个鸡腿，脆脆的鸡皮配上酱汁，简直棒呆了！还有西红柿炒牛肉，又是闻所未闻，那叫一个嫩滑。我时常感慨广东人怎么那么会吃呢，以至于自己被炒了鱿鱼之后，悲伤的只是没有阿姨的住家饭可吃了。

现在回想起这段往事，总感觉像是旧梦一般，想起的更多是欢笑。我已不再是那个毫无经验、处处碰壁的女孩，但也丢失了那股不怕吃苦的冲劲。还记得城中村里久不见阳光发了霉的白衬衫，也记得第一次看到老鼠和蟑螂乱窜时的惊慌失措，更记得无数个被闹钟叫起去面试的日子。这个城市中，行人总是来去匆匆，而我也在其中，有着自己的故事。

　　我学的是 IT，天河区有众多的软件园和更多的工作机会，所以，我工作和住宿一直都在天河。天河区像是广州年纪最小的孩子，蓬勃、冲动、奋发、稚嫩，现代都市气息也最为浓烈。我喜欢越秀区林荫深处老巷子里的安详，喜欢沙面岛处处拍婚纱照的喜庆和小文艺，喜欢在中大里漫步，喜欢夜游海心沙公园，顺便看看小蛮腰的变化。

　　不管是周末还是工作日，经过或者进出太古汇的人从不停歇。无论是路过时的转身，还是车上的一瞥，我总觉得这座建筑是美丽的。撇去广告牌和巨大的品牌 LOGO，我看到的是一座建筑，它有光、迷人，外墙是少见的沙白色。初春时节，那里有一排错落的小叶榄仁，结出小小的叶苞，远处看是水灵灵、脆生生的新绿，灵气散落在枝丫上，荫罩住那一片白色。

　　最爱去方所，每次去的主题都不一样。一次去听到了虫子的叫声，灯光很暗，四周都是静谧的，那里挂出了很多关于虫子的照片，还贴心地准备了小手电筒，自取一个，掰开开关一照，仿佛回到了虫乱飞、牛郎会织女的儿时夏夜。有时候不敢相信，在石牌桥这人潮最为汹涌的地点，竟有一个静谧的地方始终在那里，亮一盏暗暗的灯，让人找到属于自己的安逸一角，看人来人往，有时甚至为此心生感激。而这一角碰到的人，可能下一秒就会消失不见。无数的人、无数的书、无数的物汇聚成一张大网，我们路过、驻足、停留、再次走过……有次和妈妈一同去，妈妈说她喜欢那里，她没有读过太多书，也会静静地欣赏那些器皿的美。有次下起雨来，我们站在屋檐下，妈妈问为什么城里的房子很少修屋檐啊，这样下雨了怎么避雨呢？对啊，城里的匆匆前行的人们，怎么避雨呢？

　　用语言让人了解这个城市并非易事，我也是在描绘中才发现自己尚未读懂。这座城就如同它随处可见的三叶梅，热烈而执着地盛放着，红得灿烂，绿得耀眼。我爱它在飞驰一天之后夜晚的寂静，那时候洒水车洒过的路面洁净而湿润，有着雾气蒸腾；我爱它在广袤黑暗之下群起的灯光，那时候家与归宿的光芒升起，涓滴在心间；我爱它在一次次加班之时，只消伸个懒腰便会有永不停歇的夜茶和汤水在桌上出现……而这一切，我竟无法尽然言说，涌动的热血让声音停止、手指战栗，好似无法控制。我知道，尽管我非广州人，但是我对它的感情已然深不可测。在每一个困顿的时刻，我也从未想过离开，而是留下来，一直留下来，和我的家人、我的所有。

　　希望无论在哪一个城市飘零抑或扎根的你都能够好好地生活，像一棵树、像一朵云，像一滴水那样找到自己的存在，寻觅到自己的所爱。

与战火擦肩而过

Nadia

二〇一〇年秋天，我去过一次大马士革。从乘坐那辆黑车穿越约旦边境开始，我就想为叙利亚写点什么。

内战之前，叙利亚一直是约旦人度假旅游兼炫富的首选目的地，周末心血来潮就可以开车轻松出境游。叙利亚土壤肥沃，水质好，瓜果蔬菜都好吃又便宜，而且消费水平比约旦低了不少，据说在约旦买一条裤子的钱在叙利亚可以买三条。吃完逛完还能把接下来两周的水果蔬菜买好塞进车里带回国，这趟旅游实在太惬意了。

一过约旦边境线，视野里的绿色就开始多起来。首先跳入我脑海中的是一句英文谚语，"The grass is always greener on the other side of the fence." 土壤是红的，草和树是绿的，有没有看到吃草的羊群我不记得了，只觉得一路上生气勃勃，我们好像从沙漠突然到了草原。同车的还有一个布料商人，一直很沉默，偶尔与我老公聊几句。车在途中停了几次，我隐约记得去过一个路旁的小商店，那是个什么商店，买没买东西，全没印象了。有一次停了很久，我们三个乘客无聊地站在车外看看天，看看地。寡言的布料商人因为实在无事可做，终于开始健谈，他问我知不知道苏州，他曾去过那里。终于到了大马士革，黑车不敢继续往市区走，于是我们被卸在一个环岛路口。周围灰突突、脏兮兮，好像回到了我国的八十年代。终于等来出租车，我们和布料商人分道扬镳。

从车窗往外看，楼房也是灰突突的，整齐而颓废的老样式，使得这个首都城市越发像国内八十年代的北方小城。路上走着的女人们装束和约旦女人差不多，只是穿袍子的那些看起来有些不同。她们的袍子比约旦女人穿的要短一截，刚刚到脚踝，完全没有拖地。我早就听说叙利亚女子细腻整洁善于持家，这是不是在服装上也有所体现？

我们径直来到目的地——一家化学原料商店。那是个典型的家庭式商铺，老板是圆胖的父亲，儿子们负责处理杂务，母亲自然是不参与生意的，于是店里雇了一个女秘书。一层类似门房，我们说明来意，出示名片和样品，才被带去二层和老板见面。

老板的办公室里有两张桌子，一张自然是老板的，旁边小一些的桌子后面坐着神情淡漠的女秘书。老公和老板用阿拉伯语热切地聊着，后来他儿子也加入谈话。我听不懂，就开始默默观察。

女秘书戴着头巾，深色皮肤。瘦而长的脸上鼻梁挺直，不似黑人的那种塌鼻子。她大概知道我在看她，并不做任何回应，只安心处理公事，好像习惯了别人的目光，也好像是故作骄矜。对老板的问话，也是不卑不亢地回答，答完了就安静地继续做事，置身世外似的。

不一会儿，有人送来茶水。那人衣着简陋，简直称得上褴褛。我猜他大概是打杂的，弓着身子进来，又弓着身子出去。然而茶非常好喝，我从来没喝过这么可口的花草茶。盛在模样质朴的玻璃杯里，品一口是安然的甜香，不知放了蜂蜜还是砂糖，不浓烈也不寡淡，恰到好处，可能是混合了许多种花草，但没有一种大咧咧地出来唱主角，异常和谐。

老板的儿子是个热气腾腾的青年。他问我是不是日本人，得到否定回答时乐呵呵地说他喜欢中国菜，然后又不知从哪里摸出一张报纸拿给我看，报纸上登着一张中国婴儿的照片，下面有长长的一篇阿拉伯文章。他解释说文章讲了中国有种神奇的按摩术，可以让婴儿快速入睡。自从来到阿拉伯国家，我就经常被人展示类似的信息，好像来自超人的国度。他问我来大马士革想做什么，想起刚才喝过的花茶，我说想买些花。"买花？"他有点疑惑，随即爽朗大笑，"大马士革到处都是花啊，到处都是，哈哈。"

现在的大马士革，没有鲜花了吧。

告别化学商店一家后，我们去了大名鼎鼎的"直街"。忘记了那天是不是周末，但是这条土耳其风情浓郁的窄街里，真是挤满了人。裹挟在人流中，很难停下来仔细看看街道两旁林立的商店。

有一家店实在太好看，于是我们挤了进去，看到了贝壳镶嵌的家具。一粒粒贝壳材质的小砖块颜色各异、错落有致地拼出一个个精美的柜子、桌子、梳妆台。我当时以为以后想来还会再来，只匆匆扫一眼就走了，连照片都没有拍。

我们还吃了叙利亚冰淇淋。那家店应该是家老字号，店里人头攒动，我们好不容易才等到座位。食客有老有少，很多是举家来享用美味。用来盛冰淇淋的碗粗糙古朴，印象中还有磕痕。勺子也是阿拉伯式的，银色，款式简单。

整个店好像只卖一种口味的冰淇淋，就叫"阿拉伯冰淇淋"。味道是纯粹的奶香，颜色是纯朴的乳白色，上面撒着翠绿的开心果。和许多古老而美好的东西一样，这口味就一直挂在历史的某个钉子上，时光飞逝它也不为所动，世事变迁它也仍守在那里，裹着恒久的光晕。

一路走，经过背街小巷，看到灵巧的男人们在制作铜器，那条小巷好像是铜器商店集中地。随意走进一家，店主热情，商品精致，于是选了一套金灿灿的装饰用铜壶和配套的小巧茶杯。走出来看到有人在做壁炉夹，想着以后再买来玩，走开了，也就这么错过了。

穿过小巷，发现行人渐渐变少，我们开始走在黄昏里。迎面来的胖大妈走路时企鹅一样地左晃右晃。后面跟着丈夫和儿子，并不说话，笑眯眯的，悠闲地从我身边走过去。不知道怎么就到了有很多香料铺子的地方。作为路痴的我，完全不清楚是又回到了那条人群汹涌的长街还是另寻了神秘之所。只记得左右两行是小而拥挤的商铺，摆放着种类繁多的香草和香料。在黄昏暧昧的光线中，这里简直像从某个古老的故事中跳出来的街景。一直对香草热情很高的我，在这香草簇拥的地方，居然脑子一片空白，只买了一瓶玫瑰花露。

接着，老公执意带我去找一家叫作"茉莉花"的餐厅，他说年少时来吃过，非常喜欢，一定要让我去体验一下，才算不虚此行。然而由于年代久远，"茉莉花"又是这个国家太过寻常的名字，我们连续换了几辆出租车，转了很多街道，都没能找到，反倒是踏破铁鞋无觅处的混合果汁店出现在了我们的视野中。很有意思的是，两家从外观到结构都一模一样的果汁店相距不过数米，其中一家门庭若市，另一家冷冷清清。入乡当然要随俗，我们加入了长长的等待队伍，那是一场漫长而值得的等待。

最后，终究是在路边随便找到一家餐厅就餐。餐厅不大也不小，上下两层，整洁干净但是稍微有些陈旧。侍应是个亲切和蔼的老人，服务全程都轻声细语，礼貌周到。我们坐在靠窗的桌子，点了很少的食物，只想好好休息一下。

那一次去大马士革并没有找到我们急需的化学原料，我虚弱地病着，心里只是沉重，太阳落下的时候也不想再花多余的钱住一宿，便又回到那个环岛前，等待黑车回约旦。从好喝的果汁铺多买的一瓶果汁被我老公在车上喝完了，那时，我心想，"叙利亚就在那里，什么时候都能去。"

谁知世事难料。隔年叙利亚开始动荡。

昨天半岛电视台报道，大马士革的居民冬季没有取暖设施，于是自制火炉，从街上捡来各种垃圾放进去燃烧取暖。孩子们被塑料燃烧的气味呛得流泪，但是也比挨冻好些吧。正常的木柈价格已经到了一公斤一百叙利亚刀。木柈商人说他们也是费了好大力气从被炸毁的房屋拖出木材来卖的，但是没有人买得起。于是木柈商人也会受冻，因为他们烧柴，烧的就是钱，就是糊口的资本。

那天从大马士革买的一大包混合花茶一直来不及喝，存放几年后，终于变质，在一次搬家时扔掉了。

而那次匆忙的旅行，成了我和大马士革最后的擦肩。

那次拍的照片只有寥寥几张，我不时翻出来看看，那繁华的街道，行人的笑脸，都恍若隔世。回头看看电视屏幕，残垣断壁上殷红的血，孩子们小小的尸体排成一排，冻死的、饿死的人们，曾经也享受过那美味的果汁和冰淇淋吧。

　　红色土壤、植被繁茂、充满生气的叙利亚，就这样无法挽回地灰飞烟灭了。

我守望一辈子的玉米、落日和风

李西文

1

　　我是九二年的妹子，生于东营广饶，活了二十五年了，没有洒狗血的爱情，没有槽点频频的生活。不温不火的简单知足，平凡普通。也没有多大的梦想或是目标，吃饱喝足，身体健康，父母亲人都在身旁，就够。

　　我老家是广饶十四村，广饶的村名儿十分有趣，简单好记，一至十九，似是棋子，掷地有声，清脆分明。十四村位于西关大街的最西头，东边是小县城，西边是庄稼地，真正的城乡结合部。我便在城乡结合部度过了童年。家里一直不富裕，小时候住在村里的老院。老院还在，现在住的小区离那里开车十分钟，但是很少回去看看。

　　老院院子很大，北面是一溜土屋，在老家叫作"蓟屋"，那时候没有烧制得结结实实的大红砖，稻草和泥土掺和起来倒在一个四方模具里，等这一层自然风干之后再倒上一层，一层一层地就有了四面的墙。屋顶是挑最粗壮的树干中间挑起一个"大梁"，在"大梁"与墙头之间横亘上略细的树干做椽子，在屋内能看到脉络一样的骨架。土屋冬暖夏凉，调皮时抠抠墙皮还能拽出半截稻草来，远不像现在的砖屋和楼房。那时候，老家的人多是以卖菜和种地为生，后来土地都承包出去，就没有种地的了。对老家的人，我经常不知道该叫大爷还是舅老爷，叫妗子还是大姨。

小县城本身就不大，我读书的中学现在改成了小县城的早市，土路上铺上毛毡子，有的摊子大，能铺七八米，有的摊子小，面前只守着一个筐。摆摊儿的大多是熟悉的面孔，晒得黝黑黝黑的，冬天手指会冻得红肿，指甲格外厚，厚得看不出本该有的粉红。最耐脏的衣服上满是泥点子，常年系着围裙，有的围裙长，上面有个兜，有的围裙短，只护着大腿。人都淳朴老实憨憨傻傻，卖菜挣的小钱儿放在脚边的木头箱子里，大票儿塞在尼龙袜子里。遇着熟人买菜，约二斤蘑菇还得硬塞上两头蒜一把儿葱。

说起种地，爷爷奶奶种了一辈子。我小时候还跟他俩一起"上坡"，三人合作，爷爷扛锄头刨坑儿，奶奶在坑里撒三四粒染过药水儿的玉米种子，我负责用脚把爷爷刨出来的土踢回去，埋上种子，再踩实。在黄土里，我从头踢到尾再从尾踢到头，踢回来，踢回去，玩得不亦乐乎。种子长出来的时候，田里的野草也出来了，奶奶带着我和表妹，给我俩一人一把小镰刀，去田里挖野草装在麻袋里回来喂兔子。玉米长高就该上药了，一定得正午的时候背着喷雾器一步一点地喷，大人们上药，我在玉米地里胡蹿乱跑，玉米叶子划得胳膊腿儿一道道热辣辣的。那时候还几乎没有任何机械，玉米成熟也是用手掰下来扔筐里，运回家后堆在院子里，白天掰玉米，晚上剥玉米皮。

院子里的大灯泡子亮着，吃过晚饭，收了碗筷儿，一家人就开始剥啊剥，我高兴了也会剥几个，但一般都是撕下玉米须子来打一个结儿披在小拳头上，在白白的小拳头上画上鼻子眼睛当作一个"小人儿"，自己跟"小人儿"说话哄自己玩儿。在院子里玩一晚上，稀里糊涂地睡在玉米堆里，被爸爸妈妈像托一摊烂泥一样抱起来搁在床上，第二天醒来，嘴角流着哈喇子，手背上还有画得歪歪扭扭的"小人儿"。

夏天吃过晚饭，我和爸妈去西边庄稼地里，坐在人家地头儿的羊胡子草上吹凉风，从地里拔出一颗萝卜，老贾（我爹）用萝卜缨子刮刮泥递给我吃，风清凉，萝卜脆爽。

那时候的院子很大，房子很小很矮，以至我一直以为老贾很伟岸高大，直到长大了才发现老贾比我高不了两厘米。原因是房子低矮，老贾再瘦小在小土屋里也是黑乎乎一大块，占了我视角的一大半。

后来村里流行把土地面铺上水泥，我家没弄，不知是没钱还是老贾嫌麻烦。倒也好，夏天水泥比热容高，白天吸热，晚上放热，热得别人家院子的狗呼哧呼哧吐舌头喘粗气，我们仨却躺在自己院子里看星星。

现在想来，躺在土地上看星星看月亮实在是浪漫得不得了，那时候我们仨就这样躺着"拉呱"，从家长里短到诗词歌赋，会有梧桐花，会有小昆虫，梧桐下还坠着我的秋千。

2

在村里时，家里一直不宽裕，过年小妗子来串门吃饭，我拽着她的衣角让她常来玩，她问我为什么，我说："你来了，我们就能吃肉了。"冬天太冷，洗澡时把奶奶赶集买来的很长的大塑料袋挂在房梁上，人和大水盆就罩在这个大塑料袋里，腾腾的水汽弄得袋子上一条一条的水珠往下滑，可还是止不住地打哆嗦。小姨把我接到她家，那里有热水器，把浑身跟土猴子一样的我脱光光洗干净，再把臭臭脏脏的衣裤换成一身干净的新衣裤，回家我就跟奶奶"炫耀"，以后要天天去小姨家洗澡，那就天天能穿新衣服了，我已经记不得奶奶皱巴巴的脸上是什么表情了。

爸妈为过上好日子也是想尽办法，老贾的厚道和我妈的勤快利落是人人称赞的。我妈还未嫁给老贾时，是十三村有名的"铁娘子"，跟着我二舅去给人家打井，跟小妗子合伙蒸馒头，骑着自行车挑着两个筐赶集卖衣服。

老贾厚道得过了头，闷闷的，人家叫他"老蔫儿"。他俩真是能折腾，虽然老贾是一个体面的人民教师，但是为了生活，也种过地，卖过汽油，炸过方便面，轧过铁皮，卖过衣服，养兔子鸡猪鸭，开过只有两个工人（我妈是其中之一）的印刷厂，办过午间托管的小饭桌儿。

做印刷的时候我上小学，我在有印刷机的土屋里搬一把高椅子放上作业本，坐在马扎子上写作业。头顶的大黄灯泡子晃晃悠悠的，印刷机轰隆隆地响个不停。我妈和小芳（除了我妈以外的唯一一个工人）扯着嗓子喊，因为机器声音实在太大了。

旁边的屋子放着轧纸机，老贾去买回很大很大的纸张，用轧纸机裁成适合印刷的大小，轧纸机后面就是裁下来的很暄软的一堆纸条，我想像那是白雪、白纱裙，躺在这堆废纸条儿里，幻想黑胖黑胖的自己是坠落凡间的公主。

轧纸机东面的土屋是我们的卧室，爸妈一个大床，我一个弹簧床，靠窗放着一个桌子，多一把椅子都搁不进来。我在我的弹簧床上抠土墙里的稻草，夏天，我臭烘烘的，熏得老贾睡不着觉。

爸妈死命地折腾创业，终于，做印刷的时候盖起了三层小楼，做小饭桌儿的时候有了现在的房子。一天下雨，老贾骑着车子淋得跟落水狗似地下班回了家，我妈咬咬牙跺跺脚一狠心，于是又有了现在的小汽车儿。老贾还着房贷车贷，心里也挺知足。

初中时，我们从土屋搬去了自家盖的三层小楼，自己盖的房子真大啊，也没什么装饰，墙皮白白的，有壁橱，砍了老院子的梧桐树打了床，就进新楼了。

3

那时正是青春期，像每个小屁孩一样，有自己暗恋的对象、自己的帮派。我是班长，用老师的木头长尺义正辞严地狠狠拍在一个说悄悄话的女生背上，那个女生哭了，我表面上铮铮铁骨，其实也心虚得冒汗。跟高个子男生打架抢板凳，不写作业被老师罚扫厕所，不买老师指定教材被罚站墙角，做错题被老师从讲台踹到教室后门儿，画班级黑板报时写我喜欢男生的名字，这些都是我。

经历了九年义务教育的摧残，我终于成了别人眼里端庄典雅才分如云浩然正气的女胖子，而现在回忆起只会腼腆的笑，像是看别人的故事。

那时也开始了至今十三年的友情——甜瓜和面条。我的光鲜艳丽她们可能看不到，但落魄邋遢的样子她们都知晓。再后来，我们有了各自的生活、地盘以及爱情。我们很远，彼此独立，我们很近，触手可及。

作为典型的老师家的孩子，叔叔阿姨眼里的我很乖，顺理成章地考一中、上大学、参加工作，顺风顺水。老贾和我妈也正式步入了养老阶段。

老贾偶尔穿一身正儿八经的登山装当驴友爬野山，每回都弄得自己跟土驴一样回家。我妈更有意思，越老越倔强，年轻时是倔强得心疼，老了是倔强得可爱，我妈疯了一样种豆芽菜，泡沫箱子、扎眼儿的大可乐瓶子，土生的、水培的，绿豆的、黄豆的，整天豆芽菜弄得我眼冒绿光饿得想吃人肉。

工作一年半，一开始不适应，发牢骚暴躁，像被割肉似地大哭大闹；到经历些事态冷暖、人心厚薄，都不是坏事情。老贾和我妈坚忍不拔厚脸皮抗击打的血脉在我身上默默流淌，我还有他俩黄土地一般的朴实土气乐天。工作就踏踏实实工作，工作之余就变着法儿地折腾，这极大的反差也算我现在理想的生活吧。

爬野山，下山就是"滚"，鞋子袜子全是土，手臂划破，长发撕扯；骑着山地车窜到庄稼地里，看麦子和地头儿上长的野草棵子；用仅仅两天的假期去石家庄看我大学的朋友，胡扯到半夜四点；去海边，眼镜被浪打走，去上海，吃生煎烫得舌头起泡。我狼狈不堪，我乐此不疲。

以上就是我用二十五年写下的并不十分全面的生活。没有轰轰烈烈的爱情，没有爱恨情仇的家庭。清早洗漱完毕，穿衣步行上班，晚上回家跟老贾和我娘胡扯八淡，周六去近郊的临淄沂水爬山，三天假期去远方看看朋友，七天做个计划长途旅行。

从上大学离开广饶的第一天起，我的梦想就是回家，回广饶。我没想过更长远的，也没什么气势磅礴的梦想。老实工作，同事和睦，有几个知心朋友，父母在身边，过最踏实最平凡的日子。

小而知足，平凡普通，不求多优秀多挣钱，只希望自己踏实不浮躁，花开就看花，下雨就淋雨，走路累了，脚趾起了泡，就歇歇再走，不温不火，不紧不慢。于我来说，就是最幸福的事了。

一个人的世界尽头

路有有

读《世界尽头与冷酷仙境》时，我怎么也没有想过，有一天，自己会踏上一方相似的土地。

关于欧洲，我有过无限遐想。浓墨重彩的巴洛克，繁华奢靡的洛可可，高冷威严的哥特。却不曾料到，最后来到了几近北极圈的另一个世界，对来自内陆小城的我来说，这里已经是世界的尽头。

小城白雪皑皑，人烟稀少，除了没有围墙和守门人，哈出的每一口气，都好似会结成一个故事。七八月的北欧有种难以言喻的吸引力，太阳落至北回归线，北国的白昼被无限拉长，初来乍到的我在晴朗明净的夜晚里，一次又一次失眠。

我住的村子在城市的最北边，叫克林斯加，临着城西最有名的松恩湖和一大片森林。那些高冷的维京后裔，总喜欢一声不吭地在林子里遛狗跑步。很多住在克林斯加的人都说，在松恩湖的树林里，住着吉卜赛人，冬天一个人不要深入林子里。

一次，我拿着相机走啊走，就迷路了。我怕极了，跌跌撞撞想要回到熟悉的大道上，越是心急越是事与愿违。突然间，我有点想不通了，为什么我要去担心吉卜赛人，说不定我们会一起跳一支舞呢。听过太多世态炎凉的社会版新闻，对人性也失去了些许信任。

夏至后的太阳向着南回归线慢慢挪去，北国气温逐渐降低，整个人也显得冷了一些，时间从来不是匀速前行的，在寒冷的空间里，总是要走得慢一些。没有地中海和煦的阳光，也听不到热情的 hola，好似你的世界，没有经过邀请，我便不可踏入。

我最爱慕的那个男孩子对我说过，有电视机才有家的味道。在没有电视机的学生公寓里，我始终清楚地意识到，自己只是一个过客。满载着异乡人的孤独，我在这个孤独的城市待了大半年。其间，拍了很多照片，都是一个人的奥斯陆，回想起来，那是一段很纯粹的生活，我学会了和自己相处。

不知道你有没有这样的感觉，吃过的第一块巧克力，遇到的第一个人总是潜藏在意识里，让人难以忘怀。我觉得这似乎是一个很恰当的比喻，遇到热情浪漫的巴塞罗那，多情多金的巴黎，或是才华横溢的柏林，我总会惦记相对而言朴素无华的奥斯陆，想起那些撇去一切繁芜的简单日子。奥斯陆就像初恋一样，成为我欣赏任何其他欧洲城市的参照物。

在学校里旁听了挪威历史课，这个国家前半生属于丹麦王国，后来又被赠给了瑞典，再后来他们选择了独立。但是在历史悠久的丹麦或瑞典王国的眼里，挪威向来都是乡下。可别人贴的标签于他们来说又有什么关系呢？

我喜欢奥斯陆的商店，没得选择的商品，喜欢少少的人，喊不停的巴士，喜欢错过了便是错过了，这么小的城，这么少的人，却难以第二次擦肩而过。当我去巴黎时，站在黑发人头攒动的老佛爷里，看着琳琅满目的商品，竟然无所适从。也许这就是我骨子里抹不掉的东西，越是在繁华的城市里，我越是不安，我怀念我的小城，依附那种贫瘠的日子。

我住在森林口的第一幢屋子的第一层，厨房正对着树林和一个大大的足球场，卧室前是一个幼儿园，窗外有一棵松树，遮住了一半的屋子。我把桌子拉到窗边，在有阳光的早晨，常常一边望着窗外幼儿园小朋友叽叽喳喳地玩耍，一边写下一个城市的旅行计划，或者只是打发时间地涂涂画画。

在奥斯陆的日子可以记录成一个简单的流水账，每月安排一次旅行，每周末去一个博物馆，每周去三次健身房，五天自己煮饭，两天泡在图书馆里。最快乐的事情是一个人拿着一张交通卡，去乘不同线路的公交、巴士和轮渡。乘着轮渡，我和那些有着不同信仰和语言的姑娘去了奥斯陆周围不同的小岛，有一句没一句地聊着天，默契的是，我们从来不会许下再见的诺言，好似相识的那一刻便决定相忘于江湖。

十二月的一个夜晚，我独自去了半岛民俗博物馆举办的圣诞集市，回来的路上因为发呆坐过了站。巴士在漆黑的街道穿梭着，穿过所谓的贫民区，穿过小树林，车上只有我一个人。大巴司机是中东裔的年轻男子，我不知道在哪里下车，惶恐扑面而来。当我看到一个熟悉的路口，急急忙忙跳下车时，深为自己对那位司机的偏见而感到歉意。

奥斯陆就这么小，兜兜转转还是回到了熟悉的地方。

入秋后，白天变得越来越短，一日醒来，拉开窗帘，霜降让外边的草地裹上了一层薄纱，整个世界好像褪色了一般。再后来，一场雪将整个世界的色彩覆盖。当我望着窗外被白雪覆盖的森林时，总是有一种错觉，那些世界尽头的独角兽会从森林而来，我一直在等待这一刻：看门人吹响号角，酣睡的独角兽欠身站起，抖落掉身上的积雪，踏着汹涌的蹄声，蹬蹬涌进我的眼帘。

曾经的历史语言学老师说，夜晚想起古老的语言，总会听到篝火噼里啪啦的声音。后来，我一人行走时，总会感觉大雪将至。

圣诞前夕，学校结束了所有的课程，欧美国家的孩子陆续回了家，留在这座孤独的村子里的，似乎只有亚裔或安拉的子民。

我住的屋子忽然间空了，没有了热情的意大利人的吵吵嚷嚷，如果贪睡一点，白日就在黑暗中溜过。因为一些不愉快的事情，我取消了十二月所有的行程，一个人独享这段时光。大约十点多，才能看到黎明，我便伴着晌午的阳光自然而醒，习惯性地去厨房热杯牛奶，开始准备简单的午餐。我就坐在大大的厨房，喝着热牛奶，听着锅里的粥咕噜咕噜地熬着，看着窗外的树林。偶尔会跑过一两个孩子，嘟囔着我听不大懂的话语，一不留神，太阳就溜到了西边。一杯热牛奶的时间，一个白天恍然而过，时间是那么不等人。

　　想起了黄土高坡的家，窄窄的马路，优哉游哉的傍晚，在楼下的拉面馆吃完饭，如果走到路口遇到邻居，爸爸妈妈便会停住脚步和他们聊很久很久。久到路边小商店里响起新闻联播的声音，久到有人拉开窗户对着马路喊自己家小孩的名字，久到天色在我的眼里一点点暗下去，路灯亮起。

　　《世界尽头与冷酷仙境》里说，没有人能在秋雨飘零的黄昏紧紧拥抱自己，我在我的世界尽头里也无法抱住一点点阳光。

　　去过一片看不到尽头的雪地。偶尔有一两个人牵着狗缓缓地从地平线中浮现，又消失在另一端。我一个人坐拥那片土地，阳光妩媚，巨大的孤独感笼罩而来，我录下一段视频给远在家乡等待我的那个他，突然间，就特别想家。想念淘宝，想念嘈杂的商场，想念车水马龙拥挤不堪的街道，想念每一家等号排队的川菜馆子。

谁又有能耐去评判得不到和已失去，因此当我回到朝思暮想的环境中时，又开始怀念那个坐在草地，面朝湖水，只用发呆的午后。

因为对物质的渴求，我们忽略了很多东西的本质，我的感官都已经被物欲横流的世界消磨到退化。

山川寂寥，街市井然，居民相安无事，是对这座城最恰当的评价。

当我渐渐熟悉这座城市，可以结结巴巴地用挪威语点餐结账，看得懂打折信息时，又不得不和这个城市说再见了。

离开的那一晚，我和小伙伴们瑟瑟地朝着六号线地铁走去，赶最后一班通往机场的快轨。前几日下的雪堆积得很高很高，拖着大大小小箱子的我们举步艰难地前行着。我停下来，深吸一口气，一抬头，星光璀璨，巨大的苍穹仿若玻璃罩一般扣在头顶。我第一次清楚地看到了天空的弧度，愣愣地站在那里，全然忘记了时间嘀答嘀答地奔走，只觉得自己仿佛变成了玫瑰花。

一直难以忘记那个积满皑皑白雪的冬天，我和 Molly 背着相机，瑟瑟发抖地漫步在松恩湖，阳光正好，湖面波光粼粼，我们都对即将到来的一年充满了期待。

那日说得不多，而那些不多的话语好似也已食言。

明日天涯

Grassy

If you find this too hard to survive,

Please think before you say farewell.

Without the history of my past,

I would be an empty shell.

The bags that we carry around,

Contain fragments of yesterday.

The heavier load the harder to cope,

But gas for the gray⋯

Whatever this town makes you think of me,

I'll always be around when the final bell rings⋯

Whatever This Town Eskobar[1]

---

①瑞典乐队。

还记得一九九七年奶奶跟我说："香港回归了。"我说："在哪儿呢？市中心吗？那过会我们一起出门看香港吧。"那个时候，我还不知道"回归"的含义，那听起来就好像是一座随心漂流的岛屿城市，漂着漂着，遇上岸，便停了下来。那个时候，我更不知道世界的范围，不知道大海像未来一样遥远，不知道香港距离我家有两千公里。

我家在甘肃省。网页里搜索一下，内容是不少的，但看着那些熟悉的名词，我总感觉有些陌生。黄河并不流经我家所在的城市，莫高窟、月牙泉都是我没去过的，多多少少因为拉面闻名全国的省会兰州，距离我家也有五百多公里远。

相较于切实的感觉，绝大多数关于周围的地理历史信息对我而言只是一堆概念，架空的、古老的，甚至有些浮夸的概念。我熟悉的，也就是那个我生活了十八年的小城而已。

那是一座小小的内陆城市，再具体点，黄土高原。小时候也不懂为什么叫"黄土高原"，脚下的土地分明是浅棕的，和颜料里的任何一种黄都相差太多。直到十年后为了看海去了三亚，在疾驰的大巴上看到沿路弥漫着湿气的棕红色土地，对比方知，家里的土果真是偏黄色的。

1

小时候我家那儿叫作西峰市，二〇〇二年改作西峰区，隶属于庆阳市，庆阳这个更大的概念便涵盖了西峰，也听到了不少次"庆阳人"这样的称谓。但我或是出于幼年习惯，或是出于某种念旧的心情，总归是更倾向于西峰这个名字。

字面上看，"西峰"得名于西边一座有名的山峰。小城里还有一座叫"东湖"的公园，似是源于东边的大湖。然而完全不是这样。以前奶奶念过的一首打油诗，倒是十分精准地讲完了整座城。

"西峰没有峰，东湖没有水，大十字不大，小十字不小。"大小十字就是城市里五条大道交错出的两个十字街口。从小十字延伸出去的四条主干道分别叫作东南西北大街。实际上，当年的街道也并不宽阔，勉强可以被称为大街。小城里没有什么是真正"大"的，或许取名的人想赋予它一些雄心壮志，想来倒是很可爱。

印象中，小时候城市里的人很少，少到什么程度呢？我会这样讲给外地的朋友："小时候，我不好好吃饭，妈妈就抱着我坐在对着街道的窗台边，跟我约定，每过来一个行人就吃一口。就这样，一碗饭总是要吃很久很久……"

那时大概很少有人不跟家人一起吃晚餐吧，孤身一人的应该多是周边县城来的过客。若是隔着窗看到仍在迎风赶路的行人，我总在心里盼着他早点到家。

记忆中的路面是深灰色的，街道一副萧条的样子，稀疏的小店渐次亮起昏黄的灯。那时有一些个体商户的家是安在店里的，靠近街道的空间里卖东西，后边隔出小小一间安置床铺。假如在饭点经过小商铺，就会闻到食物的气味。老板端着碗一边吃东西一边招呼客人，食物多半也源于隔壁的面馆或是对街的包子铺。

摩托车和出租车都很罕见。不时有骑着老式自行车的人穿行而过，车子是黑漆漆的，人的穿着也是土蒙蒙的，在简陋的背景前留下单薄模糊的剪影。也有载客的三轮车，上小学时出水痘，头上蒙着纱巾，还乘过一次。因为脸不能被风吹，而三轮车极慢，轮子吱吱地转着，一点点从狭长的坡道爬上去。后来就不大能看到三轮车载人了，摩托车、汽车、色彩鲜艳的自行车多了起来，家乡一如所有小城的发展进程，并没有什么特别。不过神奇的是，十多年前出租车很稀罕的时候，起步价是五块，而如今处处可见的时候，市内起步价却仍是五块。

"我那里地方很小很小，一直往前走，也不会走出多远。"

城市只需要两三个小时就可以从一头走到另一头。许多路都走过太多遍，想来也并无乐趣，但这些路总能催生我心里的某种好奇，甚至在很多时候带来一些新鲜感。曾经住过的房子里现在住着什么人，高墙挡住的麦田现在是什么样，奶牛场里的奶牛和大黑狗去了哪里，还有送奶工呢？因为无法看到一切的来龙去脉，便总想尽可能记得它当下的样子，看得仔细了，便更感到陌生，仿佛与记忆里诸多细节不符。这种感觉让我回到更小的时候，回到刚开始一点点探索这个小城的年纪。

2

好像是从二年级暑假开始的，某天我正坐在床上看书，爸爸说："你也不能总待在家里了，我带你去认识小伙伴。"从此院子里的嬉笑声多了我的那一份。

朋友们都比我高一个年级，她们更加熟悉城市的边界。一些白天，我们一起去周边田里用秸秆生火烤土豆吃，或是带着削铅笔的小刀去割好几塑料袋的不知名野菜。某个夜晚，一行人一起溜到正在施工的工地里去，越过小丘状的土堆，偷偷摸摸把散落在仓库周围的铁环藏在衣服里，偷偷溜出去后拿着铁环去收破烂的地方换几角钱，再把换来的钱换成纸包着的那种小小的奶油雪糕。

我们也喜欢探索小城里的校园。初高中都是封闭起来不让进的，专科师范院校倒很宽松。还记得有一所学校里有一个很高的秋千，每一个人都争着站上去要求其他人一齐用最大的劲来推。我心里是很怕的，紧紧握牢两根粗铁链，可是等到飞起来后，那种似乎要和大地平行了的感觉就盖过了一切恐惧。

那时关于校园有很多传说，据称每所学校原本都是墓地，建学校是为了镇住邪气。唬人的故事反而增添了校园的魅力。

深夜，我们一起潜入校园里冒险，透过蒙灰的窗户看操场周围小平房里的家具：搪瓷杯子、塑料花朵、一件红色的外套。幻想出的恐怖场景让夏夜的温度瞬间降下来，我们在窗外缩成一团，每个人都紧张得要死，有人不小心碰到了门，一声轻微的响动，大家便尖叫着跑散了。

记得某一个星期六，有个朋友的爷爷带我们骑自行车去乡下。那时我还只会骑带辅助轮的童车，朋友骑一辆黑色的两轮童车，爷爷骑那种典型的黑色大号自行车。我们骑过农田，采一大把粉的紫的野花装饰在车头上。沿路有很多小石块，我们磕磕绊绊地骑到山路上，去那个爷爷的朋友家做客。

田野干燥，太阳把一切晒得发白，却不是酷暑，家乡的夏季是凉爽的。

傍晚去果园里摘樱桃，不是如今常见的那种镶在蛋糕上红得发紫的大颗樱桃，而是只有薄薄一层果肉，浅红色微酸的小樱桃。我们把樱桃装在袋子里，绑在车头上带回家去。

到家后天已经黑了，朋友开了一罐冰在冰箱里的葡萄汁，又洗了新鲜的葡萄，剥掉皮把果肉放进去，自制的果肉果汁冰凉凉地流进嗓子里。天空已经是墨色，夏日的白天是干燥松脆的，像一包刚拆封的饼干，夜晚却总是温润如水。

总是很容易就可以走到城市的尽头，周围蔓延而去的乡间小道却似无边无际。

曾和几个小伙伴在附近郊区的田野上迷了路，沿路时不时看到没有墓碑的坟，上面堆放着一些彩色的花圈，皱纹纸迎着风轻轻飘动着，亡者的名字也辨别不出了。那时这样的坟冢很是常见，散落在连接两座小城的公路旁。

麦子已被收割，光秃秃的秆子从土地里戳出来。不远处有几户人家，砖墙上晾着一串串辣椒玉米和大蒜，一位妇人抬起头看着我们，得知我们迷路了便指了个方向。

这里的人很难真正离开土地，他们曾依仗土地生存，即便后来脱离了，也要找机会恢复那种熟悉的感觉。

起初外公外婆家住在平房，院落里种植着蔬菜，还有一小片黄色的夜来香。夜里，迷幻的香气从房屋的缝隙里渗进来，我循着香气走到花园中间，被蜜蜂叮了一口，才知道被蜂蛰原来这么疼。后来他们搬进了楼房，好在是在一楼，仍有一个两三平米的小院儿，就在这里搭起了葡萄架。葡萄的叶子很宽很大，遮挡出一片阴凉来。秋天葡萄收获了，就给亲朋好友分一分，自然总是不够吃的，可每年听到外婆说葡萄就快好了，总还是有些期待。

小院里还有一只大水缸，上面搁一块湿漉漉的木头，有天木头竟然长出木耳来，诡异又可爱。

爷爷对土地也有某种执着。有段时间，家属院决定把种花的土地分给老人们开垦，爷爷就买了许多种子忙起来，种了胡萝卜、番茄、辣椒，还有一些向日葵。

向日葵长得很大很美，花盘结实沉重。还未丰收就有同院的小孩跑来偷瓜子，小朋友把整个向日葵的头折下来，爷爷见状就用网布和铁丝把花盘缠起来，又派我趴在窗台上帮他放哨，还真的很管用。等到向日葵彻底成熟了，爷爷又把偷过花的小朋友们喊过来，把瓜子分给他们。

不知对田野的向往是否是人的一种天性，或是在乡间度过的不长的童年时光加深了我对自然的喜爱。总之，每每在电影里看到田野、果园、树林或是公路片里荒芜的土地，总会有一种特殊的亲近感。甚至在荷兰旅行时，看到一个年龄略长，穿着碎花裙的典型欧洲女人在打理自家菜园时，我也暗自想着，这和当时种向日葵的爷爷，和家乡那些种田的人也是有些相似的吧。我自然知道这其中究竟有多大的不同，对他们来说，这是生活，而对于我家乡的人来说，则是生存。

3

小城的文化生活是单调的，我家前年才有了第一家真正的电影院，紧接着是第二家，第三家貌似也在筹备中了，好像被压抑太久之后的一种爆发。

小时候都是学校组织大家去唯一的剧院看一些教育片。在去上海读书之前，我在正规电影院里看过的唯一一部电影是《宝莲灯》，一九九九年和爸爸一起在兰州看的，想起来真是不可思议。听说自从有了电影院，去看电影的人络绎不绝。假期我也去过几次，确实场场爆满。

我猜去过市区图书馆的人很少，它的位置太隐蔽。曾和朋友在那里办过年卡，只要十块。小小的一幢楼，能借阅的书的确不多，玄幻类小说倒占了不少比重。好多年前的事了，不知现在如何。这里也没有很像样的书店，零星的几家主打畅销书和习题集。但过去也经常去，尤其在高中晚自习前，那里是打发时间的最佳场所。

这里只有一所大学。它就坐落在离我家不远的地方，我读大学那年，它迁去郊区，而高中则搬到了原先的校区。读书时骑自行车回家往往要穿过校园，有一段是很陡的下坡，不用蹬车，飞快地滑过去。最喜欢它春天的样子，因为那里汇集了最多的花木，梨树杏树迎春花，都很寻常，但也能看上好久。大概只要提到这个曾经对外开放的校园，每个人都能讲出一串故事。

在这样小的一个城市里，确实是没有太多拥有简朴美感的地方可去啊。

和最重要的朋友 D. 在校园里的井盖上用钢笔写过一些重要的话；高中时期的男朋友以前也住在那里，一起走过不少回；同院的女生有时会和我一起骑着车在里面瞎转；也独自在双杠上听过一些旧旧的歌。

记不清是高三下了晚自习后，还是暑假里和朋友喝过酒的晚上，我独自走回家，经过校园后门时，看到许多熟悉的简陋小棚屋还亮着暖色的灯。白天，这里是果蔬摊、小吃店、五金杂货铺，到了晚上，这里就是店主们的家。

其实高考前还和 D. 说过。

"我们不如就去 ×× 学院。"

"对啊，拿奖学金，每天骑着破自行车吱吱地回家。"

"宿舍都不用住。"

"还可以天天见面。"

"路边喝啤酒。"

"节约电话费。"

这个时不时闪现的念头被家长理所当然地顶了回去。我们从小被教育要离开这个代表着匮乏的地方。去省会，去东南沿海，去大城市，总之只要离开这里，去一个听起来级别更高的地方，就是不容置疑的正确。

也许正是从那时起，我开始思考什么是丰富，什么是匮乏。

资源充裕的城市一定是丰富的吗？如果在那样的城市和大多

数人看同样的节目，持相近的观点，使用重复的词句，这是丰富还是匮乏？陷入雷同的爱情，看热映的电影，混这样那样的圈子，又是丰富还是匮乏呢？我无法确定答案，既然没有道理可以证明时间乘以位移是一个可行的算式，那么离开与否就不能真正影响一个人命运的走向。

我很乐意出生在一座很多人此生都不会想要造访的小城中，不是首都或省会，不是奥兹国，也不是马孔多，风光不会好到能发展旅游业，也没有什么不可代替的特殊资源。它没有什么明显的特点，也就不拥有任何特殊的标签。

你大可以用一堆词语去形容它：内陆的、干燥的、传统的、四季分明的、简单朴素的，而这样的城市太多了，除了它的名字和经纬度，没有什么能精准地定位。

它拥有一些普通的特点，混迹于其他面目模糊的城市之间，就好像它是被刻意设定成了这样，为了帮这个发展太快的世界维持些许平衡。而我像是很多角色扮演类游戏的主角，出现在这样一座小小的城镇，被多种力量牵引着，慢慢点亮周围的地图。

4

记得电影《大鱼》里的爱德华·布鲁姆说："对我而言，这个小镇容不下我的野心。"我却不是被野心，而是被好奇心引诱着去探索陌生的世界，去验证图片和文字里的幻象。

或许在某个节点，我会发现世界只有一个，哪里都是一个样。我甚至期待着这样的时刻，带着近似天文学家想要发现一颗行星的心情。那时也许我就可以回来，不需要再离开。

喜欢《加勒比海盗》中的一段：杰克为了破除被挪威海怪追杀的诅咒去找卡吕普索，她给了他一罐土。土代表对陆地原始的眷恋，对出生地的归属感。属于杰克的命运自然是摔碎这罐土，在别无选择时不顾一切地把自己交付大海。我却更愿意带着这罐土，或者说，我已经带着它走了很久。

在面对陌生风景的时候，我能清楚地感觉到它，接着就能看到想象中的另一个自己：她从来没有离开过她的故乡，对她来说，故乡这个概念都是不存在的。她会把方言讲得很迷人，她擅长用当地的材料做最传统的食物，她关心生肖和节气，她不习惯于"谢谢"，她偶尔也会讲上几句脏话。她会在婚礼上微笑，会喝一些白酒，会跟孩子翻脸又很快和好，她嫁给什么人就笃定地跟他一起承担没有尽头的生活。她不太会放弃，过去的每一天都成为她手中的一枚筹码。

最近几年只在寒暑假回家，自然，每次都撞上些新的变化。汽车越来越多，楼也越盖越高。小时候这里最高的建筑貌似是十三层，雨后还经常看得到彩虹。也出现了在任何大城市里都不缺的商场。大约是两年前，有人说某某明星会来开演唱会，当时有种十分奇怪的感觉，印象中这该是十分遥远的事。

这里的夜降临得越来越晚了，披着霓虹的城市和读高中的我一样，都还是青少年，身体里会夹杂一些令人不适的因子。而区别在于，我大概总会脱离少年状态的躯壳，而城市，它的生命没有尽头，它可以换一个名字，换一种布局，以各种不同的样子存在于土地上，它可以永远是一个少年，即便会衰落，会被侵占，会被摧毁，它仍有重新恢复生机的时候。它各种各样的面貌下肤浅或深沉的美，我都想要亲自去发现。

想到最近读的书中对阿姆斯特丹的介绍："阿姆斯特丹的诞生就是因为一二八二年的一次海啸。海啸在泰瑟尔岛附近冲破了沙洲保护线，于是出现了须德海。波罗的海的航海者越过泥沙淤积的浅滩，乘大船来到阿姆斯特丹这个小村庄进行贸易。"

一座城市的伟大也许只是因为一次偶然。

无人能够预言一座城市的命运，因为它总会比我们更长久。或许会繁荣，或许会衰落，终究都将是它自己的事情。可我还是希望留下的和离开的都可以长久，不管是在柳絮飘浮的春天，或是雨雪霏霏的冬夜，回来的人一下子就会知道：就是这里啊。

为心中之繁星，吾当披荆斩棘

葛藤

二○一二年五月十三日凌晨。

公寓里早已经空空荡荡，唯有两个行李箱装满了衣服、书，还有对这个叫"堪萨斯"的城市的满满不舍。

汽车等在楼下，我最后看一眼这个房间，关上房门。缓缓驶出校园时，整座城市还沉浸在凌晨黝黑的静逸里。伴我走过无数黑夜的路灯光，透过车窗在我身上留下一个个扭曲昏黄的光斑，最终，消失不见。

终于要离开这个我曾学习、生活、得意、失意、嫌弃而最终留恋的地方了。

堪城所在的堪萨斯州也叫向日葵之州。比起南方终年阳光灿烂的佛罗里达，堪城的阳光四分明亮，五分和煦。剩下那一分，如人饮水，冷暖自知。对于我，那是破晓时的熹微和日落时的余晖，安静温暖，正如她的人、物与我的过往，正如州官邸大门上的向日葵一样，暖心而让我铭记。

When it's early in the morning,

Very very early without warning,

I can feel the newly born vibration sneaking up on me again.

晨光熹微，和耳机里 *Early in the morning* 的歌词如此切合。这样的情景、这样的悸动，和第一次来到堪城时一样鲜活而真实。

第一次来堪城，先从芝加哥转机，又倒了半天的汽车，折腾了好久才到公寓。已是凌晨四五点，但我内心充满了第一次到异国的兴奋和不安，竟然没有丝毫的睡意和恐惧。真是巧合，堪城迎接和送别我的，竟都是这微弱但暖心的阳光。

在堪城数年间，去过芝加哥、纽约，去过许许多多的美国都会。若说纽约是个雄心勃勃热情洋溢的少女，她唱着 *Empire State of Mind* 告诉你这里是梦想建造一切；芝加哥是个外向热情的御姐，豪爽坦荡，跟 *The Good Wife* 里一样毫不介意展示金钱、权力、性欲的诱惑；那么堪城，则如一位贤妻，眼波流转，你若安好，她伴你微笑，你若失落，她背后撑腰，如同她的格言："To the Star through Difficulties." 实习时看到了那尊在州议会大厦穹顶上矗立的雕塑，但直到离开才了解那就是堪萨斯格言的景象化。

用中国的标准衡量，堪城最多是一个二线城市，地广人稀，虽然高楼大厦林立，但大多朴实无华，以致许多人厌恶她的单调无趣。

堪城居民大多数是美国共和党选民，选举时总是一片醒目的红色。按理说，这样一个偏保守的地区对外国人应该比较戒备，可我总觉得堪城比纽约、比芝加哥更包容更像家。

夜幕降临后，鲜有商店会营业到八九点。更多人会去读书俱乐部、电影院、剧院而不是夜店。我曾经无数次地听到同胞们抱怨堪城的生活是何等无聊枯燥，诚然，比起热闹喧嚷的都市生活，堪城有的时候真的太乡土、太田园了。

而我欣赏堪城的生活方式，以及由此造就的温厚的居民：学校食堂的大叔大妈每次看到我都会击个掌，也总会给我大份的沙拉和薯条；当初来乍到的我傻站在路边迟疑怎么去一家餐厅时，推着婴儿车的年轻妈妈主动询问，甚至亲自带我走到了餐厅门口；在雪后的路边上摔了一跤，远处一位先生竟然主动跑来，确认我无大碍后才离开；而学校附近住着的一对老夫妇闲来总是问起我在中国的生活，每周开车带我去城里购物，直到最后成了忘年交……这样的事情发生了太多太多，以至于我竟然暗暗琢磨，不是说资本主义只有赤裸裸的剥削关系吗？还是普罗大众都是善良的，而"万恶的"社会精英我接触不到呢？

不论如何，这样淳朴的民风和简单的生活让我在一个从未生活过的城市中产生了归属感，如在家乡般亲切：不必有可以带我去远方的宽广马路，只要在小径旁有树荫供我乘凉就足够了。

在堪城的最后一年，我进了州议会实习。

州议会在离堪城不远的州府托皮卡市。我曾觉得一个外国人去如省政府一样的机构工作、做议员助理太过不可思议，而在堪城却完全没有人在乎。这也让我有了接触真正"民主"的机会。

在第一次进州议会大厦前，我望着这栋建筑，心里做好了要进入"纸牌屋"般残忍工作环境的准备。我跟的议员是 P.B.，一个白人老头，以前是眼科医生。我曾经好奇地问他为什么要一个中国人来做助理，他说他看中的是能力而不是国籍——这让我着实感动了一番。

本以为实习一定会被人呼来喝去，不料第一天，P.B. 和他的秘书康妮便让我参加了参议院的会议。更让我惊讶的是，州议会的会议远不如想象中那么严肃，议员们和各选区代表更像是在讨论聊天，段子齐飞。发言代表有西装革履的商业精英，也有牛仔裤皮靴刚刚劳作完的农场主。法案无论通过与否，都会有专人整理反馈。被这轻松的氛围冲击的同时，我也发现美国人对于沟通、交流乃至政治的理解，跟我们太不一样。无法准确判断这样好或不好，但觉得至少可以让每个人都有发出自己声音的机会。而我原本紧绷的神经也逐渐放松下来，终于能从容穿过那条通往州议会大厅的通道了。

会议结束后，堪城又着实让我惊喜了一把。其他议员，不论种族、性别，纷纷主动跟实习生兼外国人的我打招呼问好。州长山姆还上前跟我握手。要知道，在家时，我可是连省长什么样都不知道的人。当时我以为只是礼节上的客套，可直到我实习结束，这些堪萨斯人始终都这么亲切友好。同时，我也很幸运地结识了许多聪明友善的美国朋友。我们一起去闲逛，一起吃饭，去他们的家里玩，见他们的家人。

而我也由此真正发现，国家或国籍真的只是区分人类的一个标签而已。美国的家庭也好，中国的家庭也罢，都是希望家人能够健康、平安而又快乐地生活。

我爱堪城，如果愿意，这份喜爱其实可以延续得更远：譬如可以留在这里读博或工作，成立家庭。但堪城告诉我，我还年轻，还要去更多更远的城市，无论师长，还是朋友。堪城告诉我，如果将来你依然喜欢我，那么，欢迎回来。

如今，我离开堪城已有几年，但我知道，我对堪城的感情没有一丝一毫的变化，而她依旧如向日葵般暖心。

在这里，我很少去看海

融小墨

　　我出生在西北一座省会城市的家属大院里，大院里什么都有：医院、幼儿园、学校。我就在这个巴掌大的家属院里度过了人生的第一个十八年。当然也渴望远方，在没有微博微信和豆瓣的年代，我在 QQ 空间里稚嫩地写下"黏稠的远方"，只是那时并不知道命运真的会把我带到我所想的地方。

　　长大后，我考上了一座南端年轻的大学，飞机要坐四个小时，自此告别走路五分钟就到学校的日子。

　　记得离家那晚，我的猫仿佛洞悉一切，悄悄趴在我脚边一整夜，我偷偷哭了，好像是一种巨大的失落感来袭，比高考失利，比失恋，比年少时经历的任何一件事都让人感到沮丧，现在想来，那应该是对未知远方的恐惧吧。第二天，我坐着中午的飞机离开了家，也彻底离开了自己的少女时代。而我的猫在第二年从家里跑出去，再也没有回来。

二〇〇七年，爸爸送我来这座城市，当时，我们并未意识到，我这一走就真的不再是那个挽着他胳膊逛街的小女儿了。我们并肩坐在学校迎新的大巴上，路过三亚湾，在回头看到海的那一瞬间心头一紧。海面光芒闪烁，我知道自己的新生活要开始了，我们谁也没有说话。直到最近，我才开始体会到爸爸当时的心情——海很美，但女儿就要离开家了。

　　和大都市不同，三亚的风里都透着慵懒的气息，早晨八点的太阳可以把人晒黏，海边到处是咸咸的味道，一双拖鞋就可以度过一整年。最初的两年，我并没有时间好好看看这座城市，要上课要考试要参加学校活动，要谈恋爱要失恋要和朋友彻夜长谈……城市于我似乎没有什么关联，我住在四人间的宿舍里，有两三个好友，与一个男孩谈恋爱，心里装不下其他世界。我在周末挤着公交车去市中心看一场电影，去一趟超市，吃一次麦当劳，却很少看海，即便离海边只有半个小时的车程。

　　那时候的三亚只有一个电影院，票价高得惊人，没有话剧演出，没有像样的乐队表演，没有一切能满足精神需求的东西。从生活费里省出一些钱和喜欢的男孩看一场电影，吃一顿西餐，就算是我们的精神交流了。

　　三亚湾的晚上最热闹，很多老人小孩在海月广场跳舞，还记得有一天晚上，我和一个男孩坐在台阶上看着这片喧闹，微风拂过，我们沉默着一句话也没有说。

在三亚的第三年，我在一个十一楼的小酒吧认识了我先生。

那时候，三亚只有零星几家清吧，先生在其中一家做驻唱。起初见面时只是互相点头致意，若我走时他还在台上唱歌，便挥手道别，谁都不知道我们最后会结婚会在一起。

恋爱的时候我还在上学，没有智能手机，不能经常见面。记得有一天，我在外面兼职礼仪，他发来短信让我发张自己的照片给他，我给他发了彩信，他回复："你比今天的海还要美。"

这应该是我听过的最美的情话。

在这个城市恋爱的男女喜欢在海边海誓山盟，在海边撕心裂肺。因为这个城市只有夏天——最适合恋爱的季节。

毕业之后，与先生一起租住的第一间公寓在商品街，因为他当时在那条街的一个小酒吧里驻唱。公寓里没有阳光，没有网络，没有冰箱，也没有洗衣机，公寓楼下就是个菜市场，隔壁在盖房子，我们每天几乎都生活在噪音中，爱情的多巴胺似乎也已分泌殆尽，我们在这个公寓里争吵失眠，我也开始怀疑自己留在这座城市的意义，找不到出口。

于是，在第二年，我们搬了家，依然在附近，但是有了阳光。我每天早晨仍然要穿过熙熙攘攘的菜市场跑步去车站等班车，然后摇摇晃晃去公司上班。

二〇一三年，我们从商品街搬了出来，在夏天，结了婚。不知不觉中，三亚的清吧多了起来，有了新的电影院，我们再也不用节衣缩食去看电影，只是三亚湾的海也不像从前那般蓝了。

结婚后，我换了一份稍微稳定的工作，每天上班都会路过那年第一次看到海的三亚湾。但我还是很少看海，生活在这座城市，只要想看就可以随时看到，不是吗？

二〇一四年的春天，我大学时期最喜欢的一位老师自杀了。

大一第一次上老师的课，看到她穿的衬衫很好看，便一下课就拉着室友坐 7 路公交车去市中心买了一件款式差不多的，一穿就是八年，而听到噩耗的当时我正穿着那件衬衫。

据说老师是从这座城市某座建筑物的顶层一跃而下的。我想知道当她俯瞰整座城市时，看到了些什么。之前一整年我都计划着回学校看望她，总是想着忙过这段日子，总是认为学校就在我生活的城市，想看的时候随时就能看到。直到再也没有了这样的机会。

就像对于海。以为有的是时间，反而失去了很多相处的机会。

三亚，这里几乎所有的风都从海上吹来，这里几乎一半的人都是过客。每天都有人大包小包地来，又大包小包地走。你可以看到很多人第一次看到大海的惊喜，看到孩子们在海边的兴奋，看到外国人躺在沙滩上日光浴。有的人放松度假，有的人出差工作，有的人像我一样选择留在这座城市，也有的人选择离开。不知离开的人是否会在某个夜晚念起这座城市的海，这座城市的清补凉，念起这座城市的椰子树和它的长夏，而留下的人是否会在同样的夜晚想着离开。

有时候，我也会全然忘记我身在何处，感觉仍然生活在家乡，只有偶尔到海边安静地坐下，要杯酒，喝得脸通红，才突然感叹：啊，原来我生活在这个随时可以看到中国最美的海的城市啊。

我们对一座城市到底有着什么样的感情？是因为城市本身，还是因为城里有自己依赖的人或事？或仅仅是习惯了城市的风、城市的树、城市的街道、城市的天空？还是因为在这里经历了不可替代的岁月？

二〇〇七年七月，高考完一直窝在家里的我，不会料到八年后的七月，自己会在三亚写下这篇文章，更不会料到七月的生日，会有另一个值得庆祝的理由——结婚纪念日。

我在这座炎热的没有四季的城市里告别少女时代，在这座南端的海岛城市恋爱结婚，在这座神秘又简单的城市遇到一些人。

我不知我的人生会不会给这座城市带来一些不同，会不会有人因为我而喜欢这座城，或者想来这里看看。

但我知道这座城给了我什么。

我所追求的感情和生活，都藏在这座城市里。

而如今，我已经找到了。

旧时明月照扬州

南屿

故乡

扬州是我的故乡。

或许在外漂泊多年以后，在别人问起时我会这样回答。然而事实上，我从未离开过。

看过许多篇关于城市的文字，大多数是前往一座城市，把下车的那一刻当作另一个生活的开始，从一无所知到渐渐融入；又或许只是冷眼旁观，说不上亲近，只是熟悉和习惯。

扬州对我来说却不同。

是它先走进我的视野里，在我懵懂无知的年月里，成为我一切混沌记忆的开端。所以直到现在，我一直不知道，该从哪里开始描述这座城市。就像有一个人在你身边太久，因太过于熟悉反而无法去描述他。

记得有一次欢馨问我，扬州就是那个烟花三月的扬州吗？我愣了一下，不知道如何回答。也许是，也许不是。尽管每年的四月，扬州依然会打着"烟花三月扬州国际经贸旅游节"的招牌，但它早就不是盛唐之时的"烟柳繁华地，温柔富贵乡"了。

每一场盛大的繁华之后，总会留下一丝孤寂，落寞一阵子，之后的日子依然要重新振奋精神，有条不紊地过下去。在我眼里，扬州就是如此。

现在的扬州在地图上几乎无处可寻，巨大的比例尺让它变得微茫而渺小。当周围的上海南京都在迅速崛起的时候，扬州依旧不紧不慢地活在岁月的河流中。仿佛经过了太多的繁华与沧桑，现世浮沉已与它无关。就如这座城市里的人一样，过惯了宁静的生活，早上去吃早茶，下午去搓两把麻将，晚六点钟的时候准时守着电视看扬州台的《今日生活》，日子过得妥妥帖帖。

说到《今日生活》，那是一档城市频道的新闻节目，是用扬州话主持的，大多时候都在讲家长里短。扬州人每次看《今日生活》，都喜欢说成看"小六子喽"。因为主持人姓陆，大家都叫他"小六子"，后来他因身体原因不再主持，扬州人也没有改过这个习惯。前几天，突然听到了他离世的消息，整个扬城都浸在了一种哀叹与怀念的气氛里。

记得有一次课上谈到城市的话题，讲到北上广，讲到二线城市，最后回到扬州，我们老师用一句话精彩地总结道：扬州这个城市很适合养老。听到这句话时，我看向窗外，翠绿色的银杏叶在阳光里发亮，天空蓝得纯粹而透明，有鸟飞过对面的屋顶，然后消失不见。我一直想离开，说不清是因为厌倦还是想去看看外面的世界。也许都是，或许等我足够老的时候，会再回来。

那时应该是三月，离高考还有三个月。那时刚看完王家卫的《阿飞正传》，我在想，无脚鸟最后落地的地方也许正是它飞起的地方。这样多好，它可以长眠在自己的故乡。

九十年代

九十年代，我喜欢这个词，它有一种距离感，既不那么近，又不那么远，既不让人毫无概念，也非实时热点。更多时候，像一张旧照片，已经泛黄了，却依然可以看清那些人的表情与神态。

一九九几年的时候，我生活在一个叫太平的小村镇里。那时候，苏联解体才过去了几年，香港还没有回归，台湾还没有"大三通"，我们依然"两耳不闻窗外事"，一心过着幸福快乐的生活，以为天下一片太平。或许在我的印象里，"天下"也只有扬州那么大。

那时的公交车还没有车站，只要你在路边一招手，它就会停下来。司机和售票员一人在前，一人在后。椅子是有弹簧垫的那种，没有空调，玻璃也不知道是褐色还是墨蓝色的。后来渐渐有了车站，其实只是路边插一个牌子写明停靠的站点，乘车都用月卡，每个月到公交公司换一个亮闪闪的新贴纸，就可以随便乘车了，那时候还小，便把牌子天天挂在脖子上，像是某种骄傲。车窗被换成了透明的，座椅换成了黄色木条状的，也再没有看见过售票员阿姨了。

如今的我偶尔会像以前一样坐在公交车的后排，慢慢看着普通巴士变成了空调车，月票变成了学生卡，到现在学生卡都用不上了。从一开门会看见大片大片的田野，到现在建起新小区，新小区又变成旧小区……很久以前都可以倒背如流的那些站名也变了。

公交车有往返，而岁月没有，它只在时光里无限延长。我眼中重叠着这座城市无数的倒影，一层一层，模糊得发亮。

逛扬州

逛扬州，也是多年前的事了，毕竟生活在某个城市的人并不会天天往景点跑。

这个多年可以追溯到幼儿园和小学时代，那时每次春游秋游都会去瘦西湖，瘦西湖是扬州的标志，就像你说到夫子庙会想到南京，说到兵马俑会想到西安一样。记忆里，我们多半时间会在游乐场，那里虽然看上去破破旧旧的，但也能玩得很开心，然后走过五亭桥和白塔，分着吃包里的东西，到了半天就会散场。后来听说那个儿时的游乐场早已拆掉了，后来又扩建了万花园，走上一天也走不完，只是我再也没有去过。

初中时，我为了写一篇关于扬州的作文而去了许多地方。那天天气晴朗，微风。绕开了热门的景点，去了汉墓。一踏进汉墓，温度便降低了不少，空气里飘浮着湿润的水分子，光线昏暗，仿佛光明与混沌被地平线硬生生地切开。我站在巨大的墓穴里，头顶上是逐渐笼罩下来的黑暗，潮湿的气味通过鼻腔扩散到肺里，带着丝丝寒意。伸出手抚摸整齐堆砌的金丝楠木，厚重而又苍老的感觉从掌心一直蔓延到心脏，纤细的木质纹路与手掌轻擦，细腻而又粗糙，安然包裹着几千年前的繁华与富饶。以自身为容器，沉淀了时光。

在昏暗的地穴里行走，只有自己的脚步在狭隘的空间里回响，灵魂浸没在寂静的深渊里，感觉血液在逆向流淌。仿佛几千年前的歌舞升平、繁花似锦、烟花三月全都埋葬在这片沉寂的土地之下，历经几千年的狂欢后终于沉沉睡去，归于平静。从墓穴里出来，光芒一下子刺了过来，不知是否有一束来自修建汉墓的年代。

再之后逛扬州，是在高三期末考试结束时。小区里有人办葬礼，放的音乐吵吵闹闹。索性走了出去，临走前在口袋里灌了一大把硬币，背着黑色的书包，包里放着一本艾丽丝·门罗的《亲爱的生活》、一本日记和保温杯里冲好的咖啡。想不到约谁，去哪里，还是习惯独处，安安静静，不需要将就别人的意见，想去哪里去哪里。步行，然后乘车，穿越大半个城市。阳光很好，照得人脸上发热，默默地看着窗外的风景。车厢里的空调，让人有些头晕，密闭的空间，呼吸浓郁得发稠，血管交错，大概是很久都没坐车的缘故。还是喜欢小时候的公交车，灵活的窗子，开下来，风可以大面积大面积地吹到脸上，把头发吹得乱乱的，鼻息间是纯粹的空气。

　　去了双博馆，人不多。一个人看着，在玻璃展柜前站立良久。很久没有那样的感觉。出去旅行的时候，大都是拥挤而急促的，转眼而过的是熙熙攘攘的人群。而那时的博物馆是寂静的，看着那些年代遥远的展品，总会觉得它们是有温度和呼吸的。它们活在几百年之前，被抚摸，被摩擦；而如今，那些使用着他们的人早已离去，骨骼融入大地，化为万水千山，而它们却依然存在着，在时光的摩挲中破旧、失去光泽，烙印下生活的影子。人数稀少的博物馆似乎有着永恒而古老的宁静，如同神灵贯穿其中，让人内心平和，考试、分数、早晨喧嚣的乐声，都可以与己无关，无言的美之中包含着无言的震慑力。

　　中途看到一位母亲耐心地给孩子讲解，语言温和，偶尔也带着惊讶，孩子一会儿跑开，一会儿又回到她身边，好奇地拉她问东问西或看这看那，美好的场面。逛完之后还早，并不急于回去。一楼有着舒适的座椅和孩子们的游戏区，坐在窗口看书，看着夕阳慢慢落下，偶尔听到小孩子们玩耍的声音，并不觉得吵，相反，觉得有很可爱的地方。

那真是安静美好的一天。

当然，走得最多的，还是学校门口的淮海路，那条路边种满了法国梧桐，夏天是看不到阳光的，阴影重叠着阴影。阳光打在叶子上，仿佛可以看清楚每一条脉络中翠绿色汁液流动的样子，偶尔透过来，在地上打下模糊不清的光斑。秋天里逐渐落下的叶子，踩上去会发出清脆的、木质纤维断裂的声响，脆弱得仿佛是从灵魂里发出来的。

冬天的时候，会有大片大片的阳光照进来，我总是喜欢抬起头，眯起眼睛看着太阳，让阳光照在身上，懒洋洋的感觉。风将每一个冬天吹得发亮，又冷又明亮。春天里，那些树会重新长出淡绿色的叶子，小小的，很可爱。

我这样不厌其烦地描述着这些画面，只是想在忘记之前拼命记住，以后或许再也不会如此频繁地在这里往复，一如放学回家吃饭的心情，他人永远不会懂。

十五个月亮

如果你问我，觉得扬州怎么样。那我想说这真是一个不好回答的问题。

这里或许是我无论走了多远也会回来的地方，这里是故乡。它风情万种，又浮华虚伪，有着能欺骗游客的旅游景点，让他们只看到这座城市的美好，却把所有污垢藏于街头巷陌；它世俗热闹，又坦率包容，一如这里的人，从不掩饰待人接物的热情，除不去身上的烟火气息。

而我已在这里成年。

这个叫故乡的地方束缚着你，使人不知不觉中陷入生活的牢狱无法自拔，依赖于这里的熟稔而丧失逃离的勇气。但是，它的每一条街，每一栋建筑，都在你年幼的时候同记忆一起构建起来，融于你的血脉，成为你的一部分。

我恨它，有时也爱它。是的，这就是我最真切的感受。

纳兰有一句词，"旧时明月照扬州"。很美，教吹箫的玉人不知去了哪里，徒留一片月光，洗尽所有的铅华。假如某天我真正离开，在漫漫长夜里遇见一位游吟诗人，他问我："你知道哪里可以看到十五个月亮？"

那时我一定会笑着回答："扬州，我的故乡。"

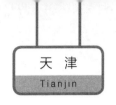

天 津
Tianjin

陪你度过漫长的岁月

小虎

我生活在天津，一个被叫作"哏都"的城市。

我不知道该怎样去解释"哏儿"，也许只有天津人才能明白吧。

这里是相声文化的发源地，传说中的九河下梢之地，也叫"天津卫"。因此土生土长的卫嘴子，都能说能逗自带喜感，在伶牙俐齿这一点上给人感受最为直观。假如把天津的老大爷老大妈惹生气了，那他们骂起人来可是丝毫不夹脏字却让你绝无还嘴的余地；可他们办起事来也绝不含糊，热热的心肠总能让人感受到沉甸甸的温度。

其实，城市的感觉大多是相通的。夏季有持续不断的高温，冬天有挥之不去的雾霾，时时刻刻都在拥堵的车流和汹涌的人潮；全国连锁的各大商场、超市和餐饮……不同的只是生活在这里的人，和我们对待这里的感情。

我并未出生在天津，这里却算是我的第二故乡。热爱大海，

120

却没能生活在有海的地方，于是就独爱这一片河水。在我的意识里，有水的城市总是带着胸襟和灵性的。足够冷的时候，河面冻实了，大爷们就会在冰面上凿个小洞拿把椅子坐那钓鱼。至于到底有没有鱼，一直是我好奇的问题。

这座不算很大的城市，有时候会让人有被困其中、无处可逃的感觉，但我还是喜欢这里。或许是喜欢那些乱七八糟的艳俗的繁华，或许是喜欢那些传奇老旧的民俗故事，或许是喜欢油腻腻的大麻花、油炸糕和狗不理包子，或许是喜欢看夏日清晨遛鸟的大爷和抖空竹的人，他们身披晨光，像撒了金粉般美丽，或者，只是简单喜欢那街头巷尾煎饼果子摊飘着的葱花香味儿，又或者，因为这里有我爱的人，有我曾经的青春年少，有我一路成长的回忆，以及眼泪和欢笑。

而我想，每一个人对带给自己成长的地方都会饱含深深的眷恋和热情，无论是否为故土。总是爱有多长，牵挂就有多长。

想起两年前刚毕业的时候，和大学里最好的朋友一起租了房子，第一次有了自己的小家。那大概是人生中经历过的最欢乐最美好的一段时光。

没有了宿舍要按时归寝熄灯的限制，想玩到几点就玩到几点；电器随便用也不需要担心会被宿管阿姨没收；休息的时候，大家一起做饭、一起出去疯；青春的荷尔蒙就像脱了缰的野马，尽情奔跑着释放着。但渐渐地，开始忙工作，忙所谓的未来，忙着向现实低头，于是开始有了分歧有了争吵，但再不像上学时那样简单地吵完又和好如初，而似乎每争吵一次就把彼此拉远了一些，直至最终狼狈而慌乱地各奔东西。

秀秀是第一个走的，说还是想回家发展。在我们的印象里，她属于那种丢人堆里都认不出来的平凡女生。她来自农村，无比淳朴节俭，特别会照顾人，或许也正是因为这样，她很木讷，不善表达自己的感情，不太爱说话也不懂说话的技巧，导致工作中总是碰壁，最后心灰意冷，决定离开。或许漂泊在外的人总是想念家乡的，只记得她离开的那天，她来我工作的地方与我告别，匆匆见了一面，话还没说几句就被老板的到来打断，然后她就离开了。看着她的背影，我不知道她是什么样的表情。

而我当时并没有意识到，那一次分开，或许就再难见面。她回家后，我们的联系越来越少，直到最后彻底失去了联系，直到如今。

大白是典型的乖乖女，乖到连穿什么衣服都要听妈妈的话。她特别恋家，我多次看到她因为想念父母想念家乡而哭泣，所以后来大白也走了。昔日的欢笑承诺都逐渐远去，包括说好不会遗忘的惦念。即使彼此都没有刻意去做些什么，一切都还是仿佛落日余晖下的影子，夜幕降临后就消失了。

当大家都离开后，我开始一个人居住，一个人生活。

有一天，我整理东西时忽然掉出来一张小卡片，上面有着旧时的潦草字迹，内容是那样幼稚。我嘲笑了一下曾经的自己，却忽然心头一热，眼眶潮湿。总是有这样的瞬间，让我们想起一些人、想起一些事，心头无限柔软。可时间太久，记忆就会模糊，想念是真的，遗忘也是真的。尽管模糊背后还是会有那些经历带来的踏实的喜悦和感动。

大白后来回天津办事，来看我。天气很炎热，我们吃着烧烤喝着啤酒，在深夜的大街上边聊着曾经的事，边幸福地大笑，仿佛又回到了曾经的时光。短暂的见面后，又要分开，在车站等车时，我们坐在河边吹着晚风。她突然说起对天津已经极尽失望，毫无眷恋。这让我忽然愣了一下，竟没察觉共同生活几年的地方于她是如此痛苦的回忆，我似乎看见了日后会把我们越拉越远的、冷漠的距离。在夏夜温柔的风里，她不知道我悄悄流了眼泪。

我爱这里，可别人不同，尽管心里难过不舍，也无权干涉。雨落无声，风过无痕，我目送她进站，眼睛又变得潮湿了。那一天，我在本子上认真地写下安慰自己的话："愿你永远记得那些曾经感动的瞬间和流下的热泪，永远记得心中的柔软和最初的温热。"

日子赶着日子过，总是来不及思考什么，就要被迫接受安于现状的习惯。仿佛每次跨年的夜晚，都会带着同样的激动喜悦，对即将到来的崭新日子满怀着无限期许。可过着过着，似乎就变成了陀螺，重复着不停地旋转，最终还是停在原地。有时候，失败感会突然升腾起来……问自己到底想要什么样的生活，内心无数个疑问飘过，却没有答案。失眠伴随着这样的焦虑而来，还带着惶恐和不安，让人窘迫。

终究，我爱的一切还是都在这里，带着长情的味道。

但时光马不停蹄地向前，一切都将成为馈赠。

从日出到日落，从秋冬到春夏，从青春到成熟，待我们逃过了迷惘仓促，穿过了人来人去的光阴，在一次次遗失和阴差阳错的转弯中急速成长，那些失落的、争吵的、流泪的、微笑的……一切的难能可贵都会被珍藏于心。

愿我们就算跌进生活的洪流里也能波澜不惊，等到多年以后看着彼此，再煮一壶老酒，话一句平常。

永远的地中海蓝

萧馨

第一次知道这座城的时候，我就联想到了炎热、摩托、充满咸味的空气。

事实是差不多的。第一次见到这城市，我就爱她。是那种从开始的一见倾心，到后来的越来越爱。说起来，前者就像是恋爱的硬件：要美，要吸人；后者则更像是她的内涵：人，景和于此发生的事。

前天刚好与 J 聊到这个话题，说起我如何意外辗转于马赛。他接话："说不定，是为了生命中的另一些事情，另一些更重要的事情，你才来到了这里。"

马赛就是这样。你永远不知道她会发生什么。

不同于去年待过的北部小城昂热，精致的、贵族范的街道处处透着矜持。对比之下，马赛迷离的街道，街道上迷离的摩托，摩托上迷离的阿人小哥，阿人小哥迷离的眼神，看着你对你说"你好，谢谢，我爱你"的时候，真的好像在强迫你放下那些装 × 的架子，老老实实追求属于自己的欢快。

九月刚安顿下来的一天，我安然走在这热闹熙攘的城，地中海直射的阳光好像粉色系的棉花糖，甜腻，还是甜腻。毫无征兆地，我在电话里跟地球另一端的他，自视为伴侣的他争吵起来。脚步慢下来，重起来，棉花糖落下来，砸了脚，我们内心的距离，好似比物理距离更远了些。我放下电话，钝坐在老港边上，海水蓝，永远的地中海蓝，阳光掉下来再被水波扔出来，丢在我脸上。

周围的游客快乐地走走停停，没人注意自己观光照的背景里，一个发怔的中国女子有何不妥。我快速地擦眼泪，不想太过打扰这风景。这时，有个老爷爷毫不客气地打扰了我不知所谓的忧伤。

"姑娘能不能借电话使使？"

若是翻译过来，可能就是这种语气吧——法国南北口音规律与国内相反。

我下意识递过去手机，又下意识缩回手。在这个飞车党的国土上，过度单纯是一种罪。老爷爷发现了这小动作，他笑着蹲下来说，你拿着，我对着你手说就行。他费劲地拨通号码，费劲地凑过耳朵。没人接，还是没人接。他沉吟着，想着，无奈着，说了句"merci"[①]，走了。

[①]法语，意为"谢谢"。

我偶尔也是这样。永远不知道自己会做些什么。

我看着他离去的背影，想着，老朋友？手机没电？约好了地方不见人来？很着急？于是再拨通了电话，对面犹犹豫豫地接了，接了！我站起来猛跑向老爷爷，雀跃得好像自己接到了特赦。

他转身过来，眼里是带着光的，我看见了。

"你在哪？快！告！诉！我！你！在！哪？！你知不知道所有人都在找你？你脑子有病吗？！大家很担心，知道吗？我们都喊了警察去你家！滚，我不听！什么叫你不想活了？你脑子进水了吗？马上给我滚出来！你……"

被挂断了。

他低头盯着我的手机，整理了一下情绪，而后还给我。

"我最好的朋友，她心里病了，要自杀，我们都找不到她在哪里。她不接我们任何人的电话，所以我想借陌生人电话试试……"我竟一时语塞，方才的伤心与绝望一扫而过，原来这世上此时正经历苦楚的不止我一人。

"一起去找她？"

"不必了，我该说的已经说了，命是她自己的，决定权在她手里。"他像是对我说，又像是对自己说。突然反应过来似的，他回归马赛人的热情，握住我的手一个劲道谢，一个劲说三字经"C'est la vie"，姑且翻译成"缘分啊"吧！

我们站在老港闲聊了一会，他提议在旁边的咖啡厅坐一坐，喝杯咖啡作为答谢。我向来不擅拒绝别人的好意，就坐了过去。咖啡厅露台是承载法国人灵魂的容器，我们有一搭没一搭地闲聊，抽烟。

我问他："为何男人爱上你抽烟的样子，在一起之后却要你戒烟呢？"

他问："哪里的男人？"

我答："中国男人。"

他笑起来，不是笑中国男人，是笑我给这样模糊的概念。而后指着烟盒包装上的"FUMER TUE"①一字一句跟我说："Fumer ne tue pas, c'est l'être humain qui tue."②阳光还是那么轻飘飘，粉粉红地甜腻，这城市，就是因为这句话，在我心中亮起来，旋转起来，微醺起来。

老爷爷要再做解释，我摇手表示懂了。接着，我说刚才我也坐在老港岸边哭，流眼泪，被他打断了，因为他自杀的朋友。

他疑惑，"谁？你？你坐在老港码头哭？在这么美的景色里为地球那边的人哭？"

刚想解释，其实并不是为了他人哭，而是为自己的距离感，是为自己的丧失兴趣而哭，话未出口，他像听了笑话似的，哈哈大笑起来。笑得意犹未尽，且得到了答案似的："啊！我知道了，

①法语，意为"吸烟夺人命。"
②法语，意为"吸烟不会夺人性命，而是这种作为人类的存在，夺人性命。"

我还说我朋友病了，我看是你有病吧……"哈哈哈，他继续笑，眼泪要流出来的感觉。我又一时语塞，第一次被这么嘲笑，却好像从身上卸去了什么似的轻快。

马赛就是这样。

你永远不知道在这里会发生什么。你永远不知道她将带给你什么。甚至那些关于生命的思考，也一并轻快了，随意了，去你的，管他的，就这样。

一座城，改变一个人。开始折腾，闹，不怕疼，跑，用双脚丈量这里，拥抱这里的风和一切。

海滩上跑步，是天然的超奢享受，流动的海，矜持的海鸥，懒而肥而傲人的鸽子，还有跑步擦肩而过递个眼神点个头的路人。

计时是太阳或者月亮，是步数，是峰回路转绕过这个弯看到的女神雕像。

地中海的表情变化，却永远是包容着的。

若是我说，我不想记起……

她便说着，忘掉吧，忘记吧！

若是我说，我偶然也……

她便说，是这样的，是这样吧！

若是我间或叹息了，

她就连浪花都不打。

我便这样每日欣然地跑步过去，像是要见一个人那么地，带着问题跑过去，再带着答案跑回来。如此循环往复，追逐，痛苦，解决痛苦，快乐，自以为快乐，自以为可以再追逐，再痛苦，再解决痛苦，再快乐，再……

马赛于我，是一条环道，景色固定着，轻快着，包容着，静静等着，看着，看我自己追逐着自己，贫穷而快乐。

"夹缝"就是我的归宿

Cherry Wang

溽热的夏夜，窗外呼啸着无法忽略的汽车与电器的混响，眼前的一切凌乱不堪却又极其舒适。这是我八年来在这个城市的第六个家。

我深吸一口气，想象自己是一个刚刚闯进这个生活的人，用陌生的眼光感受着眼前的一切。

老式的一体冷气机发着单一固执的噪音；进口的床褥放在简陋的沙发床上，铺着我认为比全世界任何顶级酒店都舒服的意大利床单；从世界各地带回来的娃娃公仔没有地方安身，胡乱堆满了我妈的床；价值不菲的苏格兰威士忌，日本的大热减肥酵素，韩国的护肤品，德国带回来的瓷壶，云南的普洱砖，还有我现在用于写作的 MacBook，局促地挤在一张一平米都不到的 Ikea 桌子上。而这张桌子，既是我的餐桌，也是写作的书桌，现在我的手边，还留有今天吃筑地寿司的酱油渍——也许你已经猜到了，这就是香港，一个善于把最好的物质高度、高效地集中于最小的空间，但鲜能捕捉到物质之外其他质感的城市。

她似乎什么都拥有，却又好像什么都没有。

她是富人的天堂，也是一些穷人的避风港，她是追梦者理想的厚土，可我看到的，也有失败的退场。

香港香港，我爱亦我殇。

我来香港八年了，从八年前在四平米的房间睡了一年地铺，到现在做着跨国企业采购员，住着地铁站边的二室一厅，还有能力让父母来港定居由我供养，我的故事其实并不热血也不励志，可是我想让你了解一个在中央台新闻或百度头条之外的香港。

这是我的香港。

父亲如果喝了点小酒，就会回忆他送我上直通车的那一天。我只订了三天的廉价酒店，现金只有六千多港币。他在火车站亲亲我，我就走了。父亲说过无数次，当看到我过关的背影，他突然后悔了——就这样让她走了？目的地是从来没有去过的地方，那里没有人接应，没有长期的住处。与我同期到香港的人，都有亲戚朋友可以投奔，起码也有父母一方送到香港。他说他那一刻觉得自己没有尽到一个父亲的责任——如果有什么意料之外的情况……他和我妈那时候连通行证都没有。那道过境的关口看似很近，却把他的掌上明珠隔到了一个不可触及的地方。父亲用醉酒之后的喋喋不休来舒缓他挥之不去的内疚感，而那个时候年轻的我，还拿捏不准什么叫多愁善感。

直通车从深圳进入香港，一片醉人的翠绿，干净的街道，开阔的视野，精致的设施——这是我在电视里看见的香港吗？与印象中的繁华不同，我对香港的第一印象，竟然是新界那满眼苍翠的山和东铁站台上闲适安逸的人群。

一股强烈的直觉占据了我的大脑，一颗柔软的女生的心突然变得磐石般坚硬。我跟自己说："我回不去了，这就是我的归宿了。"没有激动，没有害怕，有的只是一点点伤感，在直通车上，我默默地和家乡告别，即使那时的我根本不知道毕业后是否可以在这里找到工作，是否可以挨得过移民要求的七年。那时的我用幼稚的坚定给自己壮胆。

那时，几乎每个来香港读研究生的人都抱着要留在香港的心态，我们不是可以拿奖学金去常青藤学校的最好的一群，也不甘于随便在家乡找个工作度过余生。香港亦中亦西的背景给我们找到了一个最合适的角落。可是"角落"——连接不同维度的直角，其实也可以叫作"夹缝"。在香港定居，从来就没有那么容易。

在港大的那一年是开心的，时刻伴随着一种留不住时间的危机感。我最喜欢在没有课的时候，坐叮叮车去港岛不同的地方，一口气由西环走到上环，沉浸于旧时代留下的陈旧印记，惊喜于来港之前看的 TVB 剧集场景，时时刻刻地提醒自己：我在香港。

那种感觉壮丽而悲怆，像是一个登山的人攀上顶峰，激动地看着眼前连绵不绝的群山壮景，而那些群山，是他接下来要一个个征服的前路。

毕业是无可避免的，身边的人一个个地走，带着不同的理由：内地的发展更好；父母要我回去；香港不适合我。而我，在二〇〇八金融海啸的时候，顺利地找到了几份工作。我听到了很多声音，听得最多的就是："你会粤语嘛，所以你留下来了。"没有人记得我其实来自一个北方的城市，粤语根本不是我的母语——我连个广东亲戚都没有。我快要冲口而出的话："你可以像我一样学呀。"硬生生地还是咽了下去，人各有志，每个人只是选择对自己最好的去处，给自己找最适合的理由。

第一份工作，幸运与不幸的交集，我遇到了最好的直属上司，也遇到了最刻薄无赖的经理，工作了一段时间之后，她就以我出身于内地的理由，一点点剥夺和压榨我最基本的、法律规定的福利。那个时候我学会了隐忍，咬紧牙关和那些她从内地直接请过来的人一样，挨着每天九十点的下班时间，无视那些莫名其妙的训斥和欺侮，对公司里最好的同事都隐瞒着自己的计划，直到经理帮我做好新一年签证的那一天。

我告诉她我要辞职。她说："你辞职，十四天之内就要离开香港！"那语气威胁里带着难以掩饰的优越感。我说："我是毕业留港，还可以留下来慢慢找工作。"女经理歇斯底里的声音响彻整个办公室。我的直属上司微笑着对我点点头。

是的，我是希望留在这里，但要有尊严地留在这里。用我的所学所知去付出，然后拿到应得的回报，这才是我对这个城市的意义，也才是这个城市对我的意义。签证很重要，却不能凌驾于一切之上，以至于把它看得太严重，而忽略自我的价值，轻视了这个城市求贤若渴的态度。I deserve more.

那时候，父亲退休了。我开始考虑把父母接过来候鸟式居住，夏天在北方，冬天在香港——这就意味着我不能像学生或是刚入社会的毕业生一样合租了。而在香港生活最大的一笔开支就是住。我那时候还在和第一份工作的邪恶势力斗智斗勇，没什么钱。

最后，我选择了租劏房。

一个没有电梯的公寓被分成三间独立的套房，我们住在其中一间，里面有转不了身的小厕所和开放的厨房。我妈睡觉的地方，头上就是做饭的锅，而我如果不踩着爸妈的床迈过两人的身体，就出不了门。

可奇怪的是，那是特别开心的一年。

我妈有的时候会在我们的二室一厅里回忆：为什么那个时候不觉得挤呢？还特别高兴？

那时候，我们开始在香港长期一起住，平生第一次，父母反过来投奔我，让我供养他们的生活，这份用尽心血培养而终于得到回报的喜悦无可复制。我也在这间房子里找到了现在的工作——工资大幅增加，第一次被派去欧洲开会，这是比我资深很多的同事都没有的机会。我还记得，有一次我回到家，因为刚爬了楼梯而气喘吁吁，等喘匀了气儿，我平静地告诉爸妈我升职了，涨薪了。

妈妈一头扎进床上的被子里，手舞足蹈得像个小孩："我脱贫了！我终于脱贫了！我这辈子终于脱贫了！"

这个城市给我们局促，更给我们希望，人住在劏房里，可前路一片明亮，怎么会不高兴呢？

我就这样不断地搬家，越搬越大，不断地挑战新的采购项目，工资也稳步增加。而我还想说的是——这个城市还有我的青春。

二十一岁到二十九岁，精确地说，已不能定义为青春年华，可青春于我，却不只是年龄，而是挥洒在舞台上的汗水，是台下一样投入的应援，是一群会在男朋友惊喜求婚时突然出现在身后的朋友。

那是五年的偶像 COSPLAY 舞团生涯。而在写下这篇文章的此刻，我也没有停止舞团的活动。

我发现自己是个舞痴。

自认为人生最辉煌的一刻，是和大学同学一起站在人民大会堂的舞台上——本来我是台下的组织者，那时，我看着他们练舞，就哭了起来，最后站在了队形中，也断送了学生会的前程。现在想来，是去组织一个能登上人民大会堂舞台的舞蹈，还是只作为群舞的一员站在舞台上？一个有野心的人一定会选择前者。可再让我选一次，我还是会做一样的选择——舞台对我来说就是生命的华彩，比任何履历都重要。

我一直觉得如果工作了，就不可能再上台跳舞了。但现在才懂得，如果是真心喜爱，人生永远没有最后。

放假百无聊赖又发胖的我在二〇〇九年末，像无头苍蝇一样冲进了一个完全陌生的未知领域：COSPLAY 舞团。

把偶像的舞蹈、服饰、发型和风格完全模仿下来，然后再现给观众。这就是偶像 COSPLAY，三次元的真人比二次元的动漫角色更难模仿。如果你不走进这群人，你永远不知道原来这里还存在着如此庞大的群体，认真地做着这样的活动。

那个时候，我在网上乱撞，找到了这个濒临解散的舞团，小心翼翼地问了招新要求的年龄，负责招人的女孩回复说："嗯，最大二十二岁！"我说："哦，那我超了，谢谢你！再见！"她说："你等等，我们太缺人了……"

就这样，我发现自己的团友全都是中学生！

很快我又发现，和在大陆的学校跳舞时带着拿奖的任务不同，这里的一切努力，只与兴趣和投入程度有关，只与对偶像的爱有关。

我大学的时候也喜欢过早安少女组，中学时还幻想过加入"青春美少女"组合，可 AKB48 对我来说实在有点遥远。但当她们励志的、帅气的、可爱的舞蹈被一一了解之后，小时候做偶像的远梦又回来了。舞蹈和舞台，魔力倾注于每一个音符，每一个动作，每一个走位。我的舞蹈之魂，冲破了自己设下的栅栏，让我忘记了年龄和身份。

可是，和一群几乎生在完全不同的年代，完全不同的地点的叽叽喳喳的小女孩相处真的是个问题。我小心翼翼，沉默中慢慢探寻这个圈子的规则，以惯常的隐忍作为开始。一开始，比我小七岁的队长给了我一条实在太短的裙子，然后告诉我她们就是这样的，我只好用自己的方法凑合改，比如拉长上身来补下身的短，比如穿上服装后把裙子缝在打底裤上防止走光……虽然样子并不体面，我还是把自己的第一场秀撑下来了。

很多人问我为什么要和一群小孩去做这样的事，还要受委屈？我其实也不知道，只是单纯地喜欢，想跳舞，而开始了就不想中途停止，that's it.

不知道什么时候，我们的舞团在圈子里越来越有名气，我找到了擅长扮演的角色，拥有了很多粉丝。也不知道什么时候，我与队员们真正地融合到了一起。她们叫我站在中间，扮演队长的角色，因为我喊口令最有气势。当然，队长还是那个队长，她还会对跳错或者迟到的我发脾气，我也回敬她对队长应有的尊重。只不过遇到什么事情，她开始会偷偷问我意见，可能因为我是团里年纪最大、经历最多的那个吧。

我们名气越来越大，上杂志，接受采访，胃口也越来越大。二〇一一年的年末，我们准备了八个月，只为赢得一场重要的比赛，如果赢了，就不只是口口相传的无冕之王，而是真正的第一了。比赛前一晚的练习，我穿上了比赛用的高跟靴子，滑倒了——膝盖错位，十字韧带撕裂。疼到全身颤抖的我竟然自己穿着靴子一点点挪到街上打的去看医生。不是没人关心我，只是我不忍看见队友们那担忧而绝望的眼神。舞蹈室的门关上之前，我跟队长说："你放心，我明天一定会上台。"其实，当时的我根本不知道自己行不行。

我因悔恨和失落整整痛哭了一晚，在粉丝专页上给全队和期待我们的人道歉，但收获了百余个暖暖的问候和祝福。

我跟自己说："即使腿会断，即使会有后遗症，我明天还是一定要上台！"无视医生奇怪的眼神，我还是坚持说："绑紧点儿，我一会儿还要跳舞。"

我做到了。可我们输了。几个人在舞台上哭成一团，而从此，我们之间好像有了一条无形的纽带。能够一起成功固然最好，能够一起失败、一起痛哭才是特别的缘分，是可遇而不可求的。

这次受伤，让我快一年没法正常走路，现在跑多了膝盖还会酸。可是，有一次舞团接受采访，大家提起这件事，记者问我有什么忠告要给现在的青少年，我还是郑重地说："不要做令你后悔的事情，如果那天不上台，我会后悔一辈子，所以，如果你有青春，尽情地挥洒吧。"

我暗自对自己说："我二十六岁还能做出这样'幼稚'的决定，重伤还要跑到台上去跳舞，这是我的福气。不是吗？"

当年的中学生，很快升上了大学，有了其他寄托，我们在柴湾青年广场举办了属于自己的毕业演出——最后的演出，我们穿上婚纱，跟这段美好的时光告别。我是一个眼浅的人，一个不太能用粤语确切表达心意的人，抱着鲜花，只是默默地对自己说："我太幸运，我在香港遇到的，都是对我好的人。"

之后不久，我们又组了另一个舞团——只要是人生中真正喜欢的爱好，就永远没有谢幕的时候吧。

就是这样一群小我一截的香港女孩，成了我在香港最好的朋友，会在男朋友求婚时突然出现在我身后的最好的朋友。

是啊，我准备结婚了。对象是香港人，我的同学。我们在一起五年了。

我们经历了我家长反对，一起奋斗，直到成功的整个过程。

香港这个城市，和所有的城市一样，有着它的好与坏，激情与无奈。

有的时候，我走在香港的街道上，会不由自主地抬头看她那万家灯火和密密麻麻、高耸入云的住宅，人们被禁锢在一个个星火一样渺小的窗框里。这点点的灯火中,什么时候才有小小的一盏,是属于我们两个的? 一个错误的决断,会让人觉得自己只是经济洪流中的一对小小的蚂蚁,身不由己,而一个失误的投资,可能就会把我们两人连皮带骨吞噬干净。有的时候,我这样安慰自己:"都知道香港好,所以房子就贵咯。"香港就是这样一个地方,人们有钱买最好的日用品和食物,却没有钱住一间足够大的房子。

话说回来,香港已经和我来那年大不一样了。现在,会有一些根本没有来过或是对香港仅有皮毛了解的人不断地"告诫"着我:"香港不行了! 香港好乱的! "

我也只是笑笑,像当年回复那些离开香港的人一样沉默。如果你不把这里当成家,你永远也不明白她的好。在这里的每一刻,心是安定的,公共交通按时方便,食品会满足你安全和美味的要求,政府不会欺负百姓,医疗服务会让你觉得安心,哪怕晚上蜷缩在狭小的公寓,依旧睡得安稳。

而我已经带着全家选择了这里,只为这里有我的爱情、我的青春、我的朋友、我的事业,我的大家小家……我对家乡的印象,是遥远的童年和繁重的中学课业,从来没有一个地方,像香港一样给我这样的归属感。

一次在车上,朋友把耳机递给我叫我听首歌,那是一首我没听过的歌。

听到中段,我突然泪流满面。

那首歌叫《北京北京》。

朋友吓坏了，说你是不是想家了，听到北京那么伤感。

我说不是的，只是这首歌对我来说就是《香港香港》。

我在这里欢笑，我在这里哭泣。

我在这里寻找，也在这里失去。

我在这里活着，也在这里死去。

在这儿我能感觉到我的存在，

在这儿有太多让我眷恋的东西。

香港香港。

即使有时候你会让我觉得无力，我依然不会离开你。

在这儿有太多让我眷恋的东西。

回来做个下里巴人吧

猫子

我从广州回长沙的时候，心里其实挺乱的。

二〇〇九年年关，那趟车票只要五十四块钱的绿皮火车艰难地承载着春运的人流。有座位的人，大多是提前了很久才抢到车票，而没有座位的人，只能带一张报纸席地而坐。

为了防范小偷，列车员故意大声吆喝着，推着卖零食的小车反复穿越一个个车厢，挤在过道里的人只好一边骂骂咧咧一边站起来，拥往两边。突然间，一个老人操着湖南口音大声道："我坐坐你的位子怎么咯？不晓得尊老爱幼啊？"一个女孩也用湖南口音说起了脏话，然后全车人都看起了热闹。车厢里闹得正欢，我坐在黏黏的地板上，一转眼看到座位底下，一只母鸡正"咯咯"地摆着头，好像它那里是另一个安逸的世界。

夜晚八个小时的行驶结束了，凌晨六点，我站在寒冷的长沙火车站，身上一个激灵，一股热血突然涌了上来。我提起半人高的行李，搭乘公交来到熟悉的那家店，进门就是一声吆喝："老板，一个肉丝粉，加码！"热乎乎的米粉下肚后，我长叹一口气，听着门外细雨点在棚盖的声音，心情终于平静了下来。

去广州生活？我是决计不会去的了。

其实广州真是个好地方，直到今天，我那几位陆续从广州回到湖南的姐妹们，言语里都是广州的好：那里气候温和，雨水丰润，食物养人，街上的广州人说话慢条斯理极有涵养，还有看不完的繁华街景，连工作机会都比长沙多。

嗯，极好的，真是极好的，可惜三五年后，这几个家伙还是滚回来了。

除我之外，A姐是第一个回来的。她是独生女，腻在父母身边惯了，却带着一腔热血南下广州，做着一份工资不高但清闲的工作，租住着一个单人间，自觉小日子过得还挺舒坦，再加上口味清淡，更觉得广州是个天生适合自己的地方！后来，谈了个男朋友，没几个钱却很疼她，再后来，父母跑来广州见未来女婿，这男人突然就退缩了，之后两人分手了。

那段时间里，A姐想了很多，整夜整夜地睡不着。过完年后，她辞了职，毅然回到长沙，重新找了份工作。熬出了一脸痘，也熬出了大笔的存款。

后来有一天，我俩在冷风狂吹的长沙街头聊起这事儿，她淡淡地摇摇头，"我家就我一个女儿，再拼也还得回来的，家里父母养老生病，要钱和人力，我不能总在外面耗着。"

我搂了搂她的肩膀，"至少你再谈个男朋友，一家人还能一起给你把把关不是？记得算上我啊，下一个男人我必须得过目。"

A姐笑道："好。"

B姐一直挂在嘴边的话是："我回长沙干吗啊！消费那么高，不比广州低！"

B姐是一个有点孩子气的姑娘，尽管四舍五入也算三十岁了，她还保持着异常简单的思维，以及莫名其妙的乐观与自信。B姐讲义气，也很讲生活品质。在广州那几年过得着实潇洒，借的借，花的花。但这今朝有酒今朝醉的弊端在几年后终于爆发。她所在的公司是个大坑，陆陆续续走了很多人，剩下的则在狠命加班，最后一年还克扣了B姐过年回家的钱。

B姐后来谈起这件事还怒不可遏："大年三十不放假，请假回去扣这么多钱！老子不干了！"

就这样，B姐提着行李风风火火杀回了长沙。

回来那天，我特意请她去靓靓蒸虾美美地吃了一顿小龙虾，从来不吃葱的B姐，把一道菜里炸得脆脆的葱全部吃光了，当场泪奔。

据她说广州的辣椒都是甜椒，好吃的东西还是长沙多！

当年结伴南下的一群女生，只剩下 C 姐还留在广州。C 姐的爱好就是看小说和动漫，很少进行户外活动，掏心掏肺的朋友也不多。淡定如斯，却固有一番自己的执着，这几年一路从销售做到经理，有了自己的团队，收入也很可观。可惜跟 B 姐一样，C 姐在广州也存不下什么钱，想买房的愿望一直处在搁浅状态，所以仍然在广州奋斗。C 姐胃不好，对湘菜却情有独钟，以至于在广州也只吃湘菜，就惦记长沙的各种小吃。平时总是加班没有太多假，今年端午终于逮着机会，回长沙的第一件事就是去步行街买了一份臭豆腐，然后拼命拍照，刷屏，让朋友圈都弥漫着一股臭豆腐味。很难想象一个如此重口味的人，居然在清淡的广州待了那么长时间，这期间有多少日日夜夜都是伴着对家乡菜的想念度过的呢。

有时候人背井离乡并不是不想回来，而是因为肩上扛的东西太多，以致被压得无法抬头去望家的方向。

害怕这一眼望去，就再也站不起来。

很多外地人不喜欢长沙，初来乍到，买菜被长沙人凶，夏天被晒得打蔫儿，冬天被冻得下不了床。

这或许是一个粗犷、市井的地方，然而生活其中的人，都会舍不得这里人间烟火的气息。

远方，橘子洲头的烟火在天空炸开，也点亮了我们的脸，回长沙那天心里的静谧，再次涌现出来。

安曼安曼，并不浪漫

Nadia

中学学地理，知道了地中海气候：夏季炎热干燥，冬季温和多雨。

小时候，一到燥热黏腻的酷暑天气就会流鼻血，所以在讲全球气候带的那几节地理课上，我听得格外用心：我是要离开这里的，要到不会让我流鼻血的地方去的。我逐一分析不同的气候带迥异的气候特征，最后锁定温带海洋性气候和地中海气候。

地中海气候让我印象最深刻，夏季炎热干燥，但是不下雨就不会发黏，冬天温和，对于不喜欢穿棉裤的我也很有吸引力。棉裤对爱美的少年来说简直是最可怕的存在。

机缘巧合，我真的生活在了地中海气候的国家里。

约旦很小，全国就那么几个城市。懒散如我，到现在都无法一一数全。反正我住在安曼。虽说是首都,安曼看起来还是很简陋。有国王却没有宫殿；有数量庞大的儿童却没有正儿八经的公园动物园或游乐场；有即将竣工的摩天大楼，但这个"即将"的状态从我二〇〇八年第一次看到就一直没有改变过。约旦最耀眼的估计就是他们本国人并不热爱拥簇的拉尼娅王后。这位在欧洲北美呼声极高的王后不幸没有长成金发碧眼，即使面容清秀、身材高挑、衣着得体，也始终无法扭转约旦人对金发美人的偏执热爱。但是堂堂约旦国王的确娶了黑发黑眼并不怎么白皙的巴勒斯坦女人。

　　我是嫁到这里的。更确切地说，是先出嫁，然后才来到安曼定居的。

　　从第一次看到安曼开始，我就没有喜欢过这座城市，更没想过会来这里定居。街道狭窄，除了繁华街区再无什么别的看头。从北京搬到这里完全是生计所迫。不想一辈子当老师的我和不愿意整天坐在大使馆喝红茶打发时间的老公，懵懵懂懂莽莽撞撞地开始创业。第一次不出所料地失败了。我搭上了数额不小的嫁妆，他拿每个月的工资往里填，但随着北京生活越来越贵，我们决定离开中国到约旦生活。而爸妈到现在都对我这个决定耿耿于怀。

　　我妈第一次听到安曼这个名字的时候说：安曼安曼，平安浪漫。

　　而从第一天来到这里，我感觉到的就只是压力。赔了钱没房没车的我们，在爸妈的资助下先买了一部车，至少得先解决出行问题。安曼的公共交通非常不发达，出租车又不是哪里都能叫到。由于租住的第一套公寓算得上是在富人区，各家都有不止一部车，因此根本没有出租车会经过这里。还没买车时，每次出门，我们都要在大太阳下踩着有很大坡度的路面走到最近的超市那里打车。穿高跟鞋的我简直要哭出来，放着好好的生活不过，跑这里来受什么洋罪。

买车的时候，我们在艰难的思想斗争之后不顾父母反对买了二手车，因为存款要省下来筹备创业项目，尽管省下来的钱在一年内也都搭在了失败的生意里，并没有赚一分钱。年末，我拿着银行账户查询单，连眼泪都流不出来。

绝望的我，看到的整座城也是狰狞的，我被它吞噬消化得不留一点残渣，什么平安浪漫。

而地中海的艳阳还是高照着，直到十一月我还穿着夏天的衣服。

随即冬天到了。迟到的冬天并不温和，我们租住的公寓很旧也很冷。为了省钱，我们没到地下室去添柴油启动暖气取暖，在家也要穿厚厚的棉服。从北京带过来的柔软舒适、优雅洋气的棉拖鞋踩进肮脏冰凉的带化学溶液的污水里。从没有干过重活的我开始撸起袖子，用经常被爸爸心疼的、细小的手拿起砂纸打磨铜板，拿起钳子拧铁丝，拿起黏稠的油墨做丝网印刷。我头发里经常有蓝色的感光油墨，老公手臂上到处是化学药品弄的伤口。我们就这样在潮湿阴冷的冬天里，绝望地坚持着继续着，并最终走向失败。

突然想起中学的地理课，我想，如果现在的生活只是上课打眈时的一场梦，醒来之后我依然是满怀希望和自信的优等生，该多好。

春天的安曼很美丽。

我蓬头垢面地坐在车里，突然发现公路旁绵延的山坡上都是绿绿的草。之前几次来安曼都是夏天，刚又经历一个无比漫长的夏天和冬天，这是第一次看到生气勃勃的绿色。因为炎热干燥没有一滴水的夏天里，所有的草都是枯黄的，跟枯草一样颜色的羊群，用奇怪的姿势在山坡上吃草。据说这种草水分很少，但会让羊群长出肥美的肉，而且丝毫没有腥膻的气息。当然价格也非常昂贵。

我在这个美丽的春天里当了一个月老师。最糟的噩梦成真大概就是这样了吧。我从当老师的命运里逃跑，耗光全部家当，又身无分文地来异国他乡当上了老师。但是我们不能再入不敷出了。

入职第一天，教学秘书带我去教室，路上我问她该怎么跟学生相处，因为我对他们一点不了解。她说："Feast on their flesh."秘书是个很温和优雅的人，所以她这个一本正经的回答让我非常吃惊。她解释说，这些大都是有钱人家被宠坏的无法无天的孩子，如果你不能让他们怕你，你就别想安安静静地上课。事实证明确实如此。

我几乎从没对他们吼叫过，所以学生们很喜欢我，会在上课之前在黑板上写"We love Miss Nadia."但也因为他们习惯了这里老师们的吼叫，所以认定我比较好欺负，在我的课上很闹。校长和别的老师一直在强调要吼他们，给他们点颜色看看，但我做不到。我知道有很多不通过暴力也可以让学生听话的办法，但一点都不想为此付出更多的精力了。我认真地教孩子们英语文学，鼓励他们写作，发表自己的看法，而不是像别的老师那样大部分时间让他们抄写笔记，但我真的不喜欢做老师，不想继续做着自己不喜欢的事，灰头土脸地活着，我想继续创业。于是我毅然决然地辞职了。

辞职那天是周日，一周的第一天。学生们排着队从我身边过去，大概是刚去礼堂开了晨会。我站在校长办公室外，六年级的几个女孩子跟我打招呼："Hi Miss, you look pretty today."一个叫塔玛拉的女孩儿很兴奋地告诉我她按照我教她的办法写了一个小故事，要等上课念给我听。我有些难过。她一直被几个家境优渥又聪明强势的女孩压制着很少发言，在我的鼓励下开始自信，现在还可以大胆地念出自己的短故事，可我要离开了。我很想听听那个故事。

第二年依旧很衰。从富人区搬出来——因为我们实在太不合群了——我们搬进了一个独立的小院儿。地理位置差一些，但至少会比较安静吧。

事实证明我错了。住进去不久就闹老鼠。我做饭的时候老听见冰箱后面有动静，原来是机箱里进了小老鼠。接着，我发现住在这里就意味着要和大蟑螂进行长期不懈的斗争。这里的蟑螂很大很黑，每次都会成功地把我吓得尖叫着跑开，完全无法克制。

我从小就下定决心长大绝不做老师，但我做了，还做到了国外；我曾认为我绝不会在三十五岁以前结婚，但我大学一毕业就成了家庭主妇；我曾决心绝不在租的房子里生孩子，但我还是生了，女儿现在刚满二十个月，她长相更接近中国面孔，但是五官更深邃精致，名叫朱莉安娜。

　　趁朱莉安娜午觉的时间我写了这篇东西。她去睡觉的时候非常不情愿，因为电脑里还在播放 Taylor Swift 的 *Bad Blood*——这首歌我已经迫于她的"淫威"无限循环播放三天了，她已经能唱出"Baaad baaaad, hey!"小丫头现在能完全脱离纸尿裤了，这是今年最让我开心的事情。

　　无论如何，things are getting much better now.

我守着它旧旧的味道

业业

说真的，我从未想过要为自己生活的这座小城写点什么。因为长时间居住在这里，反倒无法从客观上去描述她的真实与美，只是心中始终有着与生俱来的依恋。

生活在这里，不能不说是安逸的。没有北上广深一线城市那般大的压力，也没多少乡土气息，可以说是相当宜居。江南四大米市之一，依山傍水，古塔飘晚钟，长桥沐朝晖，总是水乡韵味。"云开看树色，江静听潮声"，这是我听过形容这座小城最美的句子。

印象中第一次发现"芜湖"二字特别的美，是在小学时。同班同学的父亲在校外开了一家饭馆，叫"芜城饭店"，"芜"写作繁体的"蕪"。那时我尚且年幼，对日后将长久生活的这座城市并没有多少具体的概念，但仍被这简单的四个字吸引。似乎是因为它，内心一座城的模样，终于隐隐地开始萌芽。十几年的时光匆匆过去，那四个字在我记忆中依然清晰，从小学到高中，每日经过那条路，我不禁都要多看两眼，于我而言，它已经有了特殊的意义。

读大学是在合肥，离家近，没有课的周五傍晚，我就会乘绿皮火车回来。每次火车行到过江大桥时，父亲的电话便会掐准时间打进来，告诉我他已经等在出站口，即便我回家也只需要十分钟的公交。母亲总会烧好我爱吃的那几样菜等我回家，一个月能有一次两次坐在一起吃晚饭，很是幸福。

父亲的祖籍并非芜湖，听母亲说，二十多年前，父亲只带了一床被子便来了这里。在社会还不稳定的那时，外公一眼便认准了这个女婿，甚至待他比待母亲更好。父母纯靠劳动和努力来获取钱物，日子一天天地过，年岁也渐次大了，有了我和妹妹，有了现在这个坚固的家庭。

后来临近毕业实习，我开始犹豫去留问题，母亲在电话里说："你是家里的长女，妹妹还小，你还是回芜湖吧。"于是，那年夏天吃完散伙饭，作别校园，我拖着行李箱又回到了家乡。

说不清是因为母亲话语中的不放心，还是因为仍有舍不下的心心念念，当时的我毅然就做了决定——回来。实习、工作、恋爱，一如刚出校园的小女生开始了车轨般的生活，即便我对外面的世界仍满怀憧憬。

第一份实习工作是记者兼网编，彼时我以为，若能以码字为工作那是再有趣不过了。二〇一一年末时，这个小城的互联网发展还处在起步阶段，门户网站寥寥无几，做这行的人也少之又少。大部分年轻人都是因为热爱、好奇或是被哪个会写诗的老板所吸引。总是人手不够，所以工作也很杂，扫街、采访、宣传、写稿，一个人忙得不亦乐乎。每逢活动，半夜三点还在写稿也是正常不过的事。

芜湖的街巷非常多，且名字都极有意思，双桐巷、福禄巷、杨家巷、朱家巷、马家巷、冰冻街、申元街、青山街、长宁街等等，透着浓浓的旧时代味道。若细心挖掘，每一个名字背后都能牵扯出一段久远的历史。每日走街串巷成了必要的工作，也成了最大的喜好。酒香不怕巷子深，常常还会发现几家有意思的小店和馆子。这对于资深吃货来说，无疑是一件幸福的事儿。也有过多次从城东跋涉去城南只为吃一碗香气扑鼻的二〇五大肉面的糗事。

在芜湖，街头巷尾开着各种各样的面馆、麻辣烫铺子，早饭绝不只是为了赶时间而买的鸡蛋饼，更熟悉的是那句进门的吆喝："老板，给我来碗面条，两块干子一个蛋！"用芜湖话说出来更是有满满的生活味儿，这句话该是很多老芜湖人记忆深处的一抹缩影。你要是想问芜湖哪里面条好吃，随便一个人都能给你列举出很多：八八八面馆、北门牛肉面、三姐妹牛肉面、老奶奶牛肉面等等。

对芜湖人来说，吃是一件很重要的事。用我母亲的话来说就是："人一天就是要围着三餐转的。"她常常边叨念这句话，边收拾碗筷。

更年轻的时候，我的梦想不是挣钱，也不是安稳，是流浪，听来有些可笑吧？母亲在听了我这个梦想后总是嗤之以鼻，因为不好好工作净想着玩儿根本不是一个有责任的年轻人该有的态度。她在家中很严厉，说一不二，反抗的结果就是无数夜晚的争吵和苦口婆心的劝告，无论如何我也辩不过她。

为了平衡自己的梦想与生活，辞职旅行便成了我的生活常态。第一次辞职时，我在工作流中给老板码了很长一段话，大意用现在的流行的话概括就是："世界这么大，我想去看看。"

一次又一次说走就走的旅行，也去过不多不少的城市，看陌生城市人们的生活方式与生活态度，有慢有快、有淳朴有热情、有热泪盈眶也有酸楚盈心。走在陌生的街巷中，总能发现每个地方的人都生活得如此相似，我竟很想念我的城市。

这是个地处长江沿岸，在地图上不仔细看就会被忽略的小城。随着经济的不断发展，政府似乎想把这里打造成旅游城市。我们能看到它在日新月异地变化：从最初步行街上独一无二的"大众影院"到现在每隔两站路就有一个大牌院线；博物馆不知何时已经开放；新的规划图上满载了希望，地铁站、高铁站、机场，让这座沿江小城迅速膨胀。而这对于我们这些老芜湖来说并不重要，一时嘴馋了，能去福禄巷寻觅些小吃才是正经事儿。

当然这里也有人来有人走。四月初春时，我和父亲总会晨跑，那时还有些薄雾散在空气中。一日遇见一个衣衫褴褛提着行李箱的中年男人，表情甚是落寞，独自坐在公交站台边，似乎是要搭乘最早的一班车离开这里——我至今仍难以忘记那一幕。

有老友因为恋爱、失恋等种种原因以不同的方式离开芜湖，也有九二年、九三年刚毕业的异乡新同事选择留在芜湖。留下的原因，无非是芜湖够小、交通方便、小吃够多、房价不高，也许更重要的是，这里有他们爱的人。从他们的眼中我总能看到希望。

至于我自己，与 X 是在这里相识、相知、相恋，直到相离。大学校友，更像是彼此的镜子，共同话题与奇思妙想层出不穷，同样的世界观与兴趣爱好，我曾以为我们会有说不完的话，还疯狂地都辞了职打算一路去西藏。那时的青春，仿佛不挥霍便会受到烧灼。在共同走过八百多个日夜后，我们最终没能熬过母亲的极力反对。言语、精神、行动上的不断阻挠让人心力交瘁，时光一日比一日难熬，不堪重负的彼此匆匆给这段感情理智地画上了句号。

之后，他离开芜湖，在任何一个我可能都不会去到的城市工作，我们各自有了新的开始。而见证这一切的城市并未动容，依旧日出日落，仅有表面的物是人非。

不管曾经多么浓烈炽热地喜爱彼此，都也已成往事，而今想起，只是寥寥几句话就能说完。有人说城市不过是有代名词的一个地域，其实静下心来细想，城市更像是有归属感的一座牢笼，习惯了它的气息后便再难离开。

但不管在哪一座城里，都可以带着爱与梦想生活。

有咖啡的电影

北方南方

很少有讲述墨尔本的电影，也许因为它处在有些孤独的南半球，也许因为这就是个毫无特色的移民城市。

这个城市一天四季、房价颇高，身边人拼命凑移民分数，考完雅思考 NAATI，还整天做噩梦，生怕所学的专业被踢出清单，在放弃了国内的一切后，却只能接受压力、失望和更加不确定的未来。有时站在亚拉河畔，望着对面灯火辉煌的皇冠赌场，会觉得这座城市是从未有过的遥不可及。

两年前来澳交换，曾在墨尔本逗留了两日，在联邦广场看了一场街头表演；两年后重又踏上这片土地的第二天，又去了联邦广场，眼前的街头艺人穿着藏青色的破烂套装，正邀请等待红灯的路人跟他一起表演滑稽戏——正是两年前在这里表演的那个。那天，我给妈妈打了第一个越洋长途，说我总感觉自己能在这里遇到些什么。

直至某一个机缘，我在这座城市里找到了令自己深陷其间的——咖啡馆。

那是一个平凡日子的早晨七点钟，我摸着咕咕叫的肚子，独自睡眼惺忪地走进了楼下的咖啡馆。一个手臂满是刺青的亚裔咖啡师递上一杯有着漂亮树叶拉花的拿铁。他和他的拿铁开始让我与这座城市产生微妙而亲近的联系，也让我以居住者的身份观察生活其间的城市人群，去了解他们的故事。

喜欢的咖啡师有很多，是这里遍地的咖啡馆成就了他们——城市中最会察言观色、埋藏最多故事的人，他们有生活在 YouTube、往返于全球比赛的明星人物，更多的则像隐藏在衣袖下的刺青一样，难寻他们身份的线索。咖啡师的话题总绕不过咖啡，而我也总为自己记不住那些绕口的咖啡豆名字或是制作克数而汗颜，于是，观察咖啡师的手成了我独特的偏好，我喜欢他们做拉花时候的专注。

一段时间里，从印尼来的咖啡师吉米简直成了我固定的咖啡制作师，观察他做天鹅拉花是我每天都做的事。认识尼克则是在 Fifty Acres。店里的咖啡都是他一人制作，包括对时间以及克数要求极为精准的手冲。他十七岁时着迷于咖啡豆，在西澳的咖啡烘焙商 Dôme 开始了第一份工作；后来在他父母的咖啡馆帮忙，又在父母决定卖掉时接手，于是有了他自己的咖啡馆。这大概就是不少墨尔本咖啡师追求梦想的倔强，一如 Millstone 的女店主跑去法国学甜品，The Queensberry Pour House 的老板拉着女友周游美国找到最好的甜甜圈和最棒的点子。

最喜欢的咖啡店有两家，在墨尔本都不算名气大，但都是很容易让女生喜欢上的那种。

走进 East Elevation 的那天是个周一，推开木门，转身一看，发现里面满满当当。有来这里独自工作的职场女，有和朋友聊天的中年主妇，还有两个推着婴儿车的大家庭。想了半天，头脑里只剩下一个词来形容这家咖啡馆：舒服。

在整个空间被设计为绿色温室的 East Elevation 里，你可以在各个角落发现有趣的植物，比如小扁豆、荞麦、大麦草等等，还有长在屋顶的蘑菇。你不仅可以从菜单上看到它们的身影，还可以买回家种植在自己的花园里。

The Farm Café 则因在科林伍德儿童农场里而更受孩子们欢迎。路过通往野营山区的木桥，附近安静得像是偏僻的国家公园。我初次去的时候不是周末，客人不多，远远地可以听见孩子们的朗读和嬉闹声，各种动物也难得勤快，争着演绎大自然的协奏曲。

因为找路浪费了不少体力，加上初夏陡增的温度，我点了冰凉的草莓奶昔，然后想起有个人曾对我说："点草莓奶昔的人的心智年龄总在七岁。"服务生端上用不锈钢大杯子装着的草莓奶昔，把我吓了一跳，这可完全不是七岁孩子能消受的分量。大好的阳光和宁静却给了人难寻的悠闲。一个主妇牵着大约五六岁的女儿走进来吃午餐，小女孩握着和我一样的草莓奶昔叽叽喳喳说个不停，母亲只是低头用餐，偶尔纠正孩子话语里的单词错误。一不留神，小姑娘就把端上来的巧克力蛋糕弄得满脸都是。

习惯了一边品尝汇聚了精致菜品的墨尔本早午餐，一边想念着年少时老爸买回来当早饭的胡辣汤、肉夹馍，沉迷于咖啡馆的我遇到了一个只喝热巧克力的墨尔本男生。初次见面是在弗兰德斯站后面一条著名游客街上一间毫不起眼的咖啡馆里。在那儿，过度的喧闹淹没了我们中英文混杂的交谈。然后，我们开始了一场墨尔本非典型爱情。

坐在莫宁顿半岛的岩石边，阳光洒在早上十点钟的海浪上，他用中文对我说：

"世界上我最喜欢两种味道，一个是大海，一个是你的头发。"

我笑了。突然想起在斯旺斯顿街上迎着晨曦拥吻拍照的新郎新娘；想起清晨推开窗就能看到飘在空中的热气球；想起走过维多利亚女王市场时看到蓝天上的"Marry me"；想起每次去看澳式足球比赛，全家坐在一起吃炸鱼薯条；想起楼下咖啡馆的姑娘记住了我：拿铁、不加糖、带着热度的可颂面包……这就是墨尔本的诗意与幸福。

我没告诉他，我希望他就是那个我来墨尔本前便预感会遇到的幸运。

墨尔本的美好都在清晨，即使我们同样热爱它每一个日落黄昏。拐角咖啡馆的咖啡香气让通勤生活也变得让人期待。自己会想要加入附近公园晨跑、遛狗的人们，想要从地铁里捧着厚厚一本的乘客眼里看出书里的情节，想要在这种易无聊的"慢节奏"里找到自己的热爱，比如：美食、文学、绘画、喜剧，甚至信仰。

也许墨尔本不需要一个讲述它的电影，因为这里本身就是足够浪漫的情节，还居住着一群自娱自乐的生活演员。

我在山上的那些日子

卞娴颖

这几天天气不好，每天下午都要下一场雨。有的时候，窝在沙发上就听见外面轰鸣起来。有的时候，会被困在山上露天的咖啡店里。更多的时候，出门去买食物都得要抱着购物袋跑回来。

小区的孩子们放了假，于是楼底下天天成群结队地吵闹着。圣诞将近，交通越来越堵，四处还是穿着短袖短裙的女孩子，我们也开始谈论起礼物来。

我喜欢早晨起床先把窗子打开，睡觉之前开着台灯。仿佛这样，白天和黑夜就分明了一些。然而我已经不知道是该按照时间还是太阳生活。

我们终于有了厨房，冰箱里放着冰淇淋和酸奶。我却不再热衷了。室友沃尔特会包饺子、做煎饼，是我二十四年人生里遇到的为数不多的兼具这两种技能的人。而我对生活常识的缺乏经常暴露无遗。比方说，打不着火柴，认不得蔬菜，找不到路。

在新朋友里，三十岁以上的人出现得越来越频繁。他们大都有了自己的事业和家庭，分得清工作和生活。我很惊奇于这种成功，这些人有极好的头脑和经验，依然热爱运动和舞蹈，健谈而快乐。而以往我总是觉得"人到中年"就该是一个死气沉沉的词语。

家里的保洁阿姨奈丽年纪不大，风姿绰约，其实麦德林遍地都是美女。她有一个眼睛很大、睫毛长长翘翘、头发又长又卷的小姑娘。第一次见面的时候，我问她家里的咖啡机怎么用，在袅袅的香气里，我们从香烟聊到单身妈妈。我没有看见她眼里的悲伤，却在言辞之间得知日子的艰难。

小姑娘有一个公主般的名字，伊丽莎白。她讨厌洋葱和西红柿，喜欢篮球和电子游戏。某一天下午，她从我卧室的床底下钻出来，告诉我她已经藏了十分钟。那时我手里握着铅笔，正要开始画画。于是，她骄傲地告诉我："Yo también pinto muy bien."①我给她一张纸，空气里到处都是新洗的床单散发出的味道。帮她画上眼睛的瞬间，我心情异常柔和。就像是过年时听见鞭炮轰鸣，或者下雨天听见敲门声，觉得全然放空又满怀期待。

是的，住在麦德林山上的这些日子里，我时常感到幸福。

在每一次吃饭的时候，逛超市的时候，坐出租车出去见客户的时候，熬夜工作的时候，喝酒的时候，喝咖啡的时候，和邻居

---

① 西班牙语，意为"我也画得很好。"

打招呼的时候。

不知麦德林是否就是这样一座穷开心的城。因工作中各种错综复杂的机缘我终于与之相遇，而抵达的那晚，我被二十几个小时的飞机、紧接而来两天七个客户的拜访、波哥大糟糕的气候以及该死的时差折磨得疲惫不堪。机场出租车沿着蜿蜒的山道曲折而上，两边尽是郁郁苍苍的笔直的树木。和圣地亚哥一样，这里尽是上坡和下坡，我却没有什么机会享受吃完晚餐去大教堂走走的时光。那天夜里，我在新公寓新房间的新床上，睡得很好。

我把照片发给父亲，说我终于有了一张大床，在十年的宿舍生涯之后。我也头一次不再频繁地吃食堂和外卖，而是跑去外面的餐厅。需要书本和音乐安慰我入眠，因为我总是清晰地知道第二天战斗仍在继续。我血液里一定有某种东西，痴迷着人与人之间的互相拉锯。信任和执着，说服和表演，推销和辩论，技巧和礼貌。也许逐渐开始变胖，我想这非常好。

我开始习惯那些韵律极强的音乐。人们热爱生活，早起工作，周末去庄园度假，攒着年假去世界各地旅行。各自一杯冰可乐，对着啃汉堡就是恋爱的午餐；一条河，一片树，配上阳光或者雨水，已经是浪漫的极致，这种时候，有热饮还是有冰淇淋都无所谓。于是，一个人有没有结婚，有没有孩子，有没有房子和车子，变得不再像重点话题，分分钟压在桌子上，时时刻刻让人觉得自己生活得不够漂亮。

我想起人们通常对成功女人的定义：对一些极有掌控欲的人来说：有钱，有貌，有闲。对另一部分更为简单的人来说：有事做，有人爱。我想起曾听过的关于异地恋最辛酸的描述：左手拎着从超市买的一堆生活用品，右手在慌乱找你打来电话的手机……我想起读书时对待感情和生活的偏执：精神对等、各自自由一类的要求和规划。每个人只有按照自己的定义才能获得平衡。

我想我们越是用手、用心去点点滴滴地经营生活，越容易感到微不足道的幸福。即使公寓的桌椅、沙发、床垫、枕头……都足够使人喜悦；即使每天都要发愁柜子里的中国调料越来越少，超市里的大米依然难吃，还有总是很难搞的客户，听不懂的单词……甚至这些小麻烦都是让人用来调侃的。

这差不多就是我现在的日子了。它使我不再排斥做一名销售，不再排斥婚姻。我想"文艺女青年"这种病在我毕业之后，正在逐渐痊愈。我甚至都把卖电缆的工作做得津津有味了。

我的梦想从成为一个有品位的老板娘，变成拥有一个黑白相间的更衣间，能讲一口流利的西班牙语，带上信用卡和相机，开车出门横扫千军，然后嫁一个陪我满世界疯的好人。

梦想再重要，也重不过家人

尹艳

我的家乡是个小城市，我不知道按照现在的划分它是属于三线、四线还是五线，就先称为"它"吧。

故事要从很久很久之前说起。

这里并不是我最初来到世上的地方。我生于东北，八个月的时候，爸爸因公殉职，妈妈要工作，一个人照顾不了我，就把我送到了当时还在乡村的姥姥家。然后，我的童年是在及膝的雪地和可以玩滑板车的冰面上度过的。不知是不是几岁之前的记忆都会慢慢空白，关于那几年的回忆，现在只剩下一些断断续续的画面。

小姨大学毕业后为了爱情来到胶南，后来工作，结婚，定居。那时妈妈还在东北，姥姥姥爷不忍妈妈在熟悉的环境中思念爸爸伤心难过，提出让妈妈也来这边。一来换个全新的环境，二来姐妹俩互相作伴有个照应，因此妈妈只身一人来了胶南，我依然留在姥姥家。

妈妈来胶南一段时间后，经人介绍认识了现在的爸爸。爸爸的前妻因病去世，他独自一人抚养哥哥。不过，妈妈说他们最终决定在一起并不是因为有相似的经历而惺惺相惜、互相取暖，还是因为爱情。

爸妈结婚的那年春节，我也到了即将读小学的年纪，一起回姥姥家过春节，爸妈就要带我到胶南了。走的时候，爸妈各牵我一只手，我连头也没回，更没有跟姥姥姥爷摆手说再见。后来，姥姥总逗我说，当时觉得小丫头太狠心了，就那么走了，也不回头，你姥爷回到屋里哭了将近一个下午。可能我那时太小，并没有意识到那是一场离别，以为仅仅是到我的新家玩儿一会，还会再回来。没想到再回去已是十二年之后。

从此正式开始在新"故乡"的新生活。

大学刚入学做自我介绍的时候，我说我来自胶南，不知是我发音不准，还是大家太不熟悉胶南，总会有同学说："啊，你来自江南啊，南方姑娘。"后来去社团也好，参加活动也好，慢慢地，自我介绍的时候我不再说自己来自胶南，因为不愿一遍遍解释："是胶南，不是江南。"有时会直接说我是青岛的。于是，我没有太多机会可以提起"胶南"的名字。

去年，胶南正式和另一个区合并为黄岛区，成为国家第九个经济新区——西海岸经济新区，从此"胶南"这个名字正式消失了。

虽然这在发展上来说是一件特别好的事儿，可我和很多朋友都感觉特别难过、惆怅。从最初的王戈庄、胶南县、胶南市，到现在的黄岛区，城市的每个角落都再也不见那两个字，连我的母校都改成了黄岛区第一中学。

这座安然恬静的小城市，和青岛市区只隔一条隧道、一座跨海大桥。从隧道口驱车进入，十七分钟后你就出现在青岛火车站了。而虽然只隔了一条海底隧道的距离，海两边的生活节奏却并不相同。

除了夏天，其他季节一到晚上八点半，路上人就不怎么多了。一个人骑行在路上真是爽极了，只有路灯陪伴你，可以大声唱歌，可以呼喊。早上九点上班可以睡到八点半再起来，反正很快就到，沿途不会堵车，也不用找车位。目前胶南只有两家电影院，最新最热的电影也会紧跟全国的节奏，但永远不要担心去晚了要排长队买票、取票，安静的大厅里有足够多的座位留给你。当然也从来没有感受过点映的滋味。公交站冷冷清清，也不会有急着赶车的上班族或戴着耳机的学生。

灵山岛是我们特别爱去的地方之一，开心的时候去度假，不开心的时候去散心。坐船进岛，晚上在岛上住下，幸运的话能吃到出海的渔船刚刚打回的新鲜海味。早上看日出，绕岛骑车，沿着环山路呼吸，到处都是海水和青草的味道。天气特别好的时候，海天界限分明，白得纯粹，蓝得澄澈，能拍出马尔代夫的感觉。

人们就这样过着安逸闲适的日子，赚点钱，吃吃喝喝，一家人在一起，照顾老人孩子，工作旅行，没有大梦想，有点小情调，似乎也不错。像我的家人，爸爸妈妈那一辈，差不多都是这样过，做着一份稳定的工作，踏踏实实，赡养老人，呵护孩子，周末全家人一起去爬个山或者去海边野炊烧烤，除了节日，每个月还有固定的家庭聚会，闲来无事打打牌或约朋友聊天喝茶。日复一日，年复一年。你若要问他们梦想是什么，他们会说：一家人健健康康平平安安在一起，平平稳稳地工作，钱够花就行。

还记得中学某个周末在家看电视，换台的时候无意间看到中央一台的《半边天》。当时的画面现在还很清晰，张越采访复旦大学社会学系的一名女生，她叫冯艾，在西南山区支教时为孩子们做了很多有意义的事情。当时，在我心里就埋下一颗种子，希望自己长大后也能去支教，而职业理想是成为一名记者，听不同人的故事。这样，当自己离开这个世界的时候，最起码为生命记录了些什么。

后来得知有大学生西部计划，我便第一时间报了名。那时正值大四，由于研究生考试第一志愿没有进面试，而支教名额极少，当时面临两个选择：要么全心准备西部计划，去西部支教，然后继续准备喜欢的新闻学；要么放弃支教认真准备研究生调剂，可以在并不喜欢的专业继续读书。纠结了很久，最后还是选择了西部计划，并成功获得去青海支教的机会。

原本以为梦想和新生活可以就这样开始了，结果那年五月份，在即将去济南参加体检和培训的前夕，奶奶突然病重卧床不起；爸爸因为焦急上火加上椎管狭窄，得了一种时不时就会毫无征兆地晕倒的病症；妈妈因为爸爸和奶奶的病情而变得焦虑、失眠；而哥哥远在成都，现实让他没法辞职马上回来，唯一的依赖就是我了。去青海，或者回家。其实那会心里早已做好了选择，梦想再重要，也重不过家人。真的没法潇洒地只为自己，为自己想要的生活活着。

于是七月份毕业后我就回到了胶南。在家人的身边工作、生活。照顾爸爸妈妈，和爸爸妈妈一起照顾奶奶。从一个原先自在随心的小女儿，变成一个坚韧独立的女汉子。一个人解决全家的生活琐事；一边手拎着自己的吊瓶一边去给妈妈找缴费的办公室；操持哥哥的婚礼，从订酒店、婚庆到装饰婚房；一个人轻松搞定十几人的团圆饭……从一个想去大城市读新闻的姑娘，变成一个屈从于小城市现实温暖的女儿。

我爱这座城市，虽然我并不能适应它的一切，比如图书馆只有两层两个房间。虽然它离我曾经想象过的"有看不完的话剧和展览"的生活很远，虽然你要问我还记得当初的梦想吗，我会肯定地回答："记得。"可是很多时候，我们没有办法那么顺利地想做什么就马上去做，想去哪儿就去哪儿，这就是生活。

我特别喜欢一句话：让你痛苦难过的，会让你独立坚强；而你喜欢的，终有一天会带给你自由，前提是你不要放弃，要走过那些不那么喜欢的路。不管怎样，所有的经历，好的、坏的、快乐的、悲伤的等等，它们都会于某天在你身上发生化学反应。所以只要接受就好，无论生活给了你什么，接受，然后继续好好地走，走到自己想去的地方，那时也许会觉得，过去的一切都是值得的。

如果你要问我以后会怎样。我想，也许会离开这个温暖我的，胜似故乡的小城。去想去的城市，或许会有其他意外的惊喜。

梦想还是会实现的，无论以哪种方式，需要多少时间。

飞过三千公里去爱你

Irene Liu

抬头瞄了一眼桌上的台历，十一月一日，我搬来吉隆坡九个月整。

我是成都人，现在住在吉隆坡，嗯，以后也会住在吉隆坡。

"你是哪里人？""我是中国人。"

"你是这里的留学生吗？""我不是留学生。"

"你办第二家园移民了？""我还没有移民。"

"那你为什么来吉隆坡？"

"我男朋友是本地人，所以我来了。"

以上是过去九个月里重复了无数次的对话，是的，我最爱的那个人在这里，所以，吉隆坡，我来了。

我是成都人，现在住在吉隆坡，嗯，以后也会住在吉隆坡。

三千公里的恋曲

某年七夕的黄昏，我在公司会议室昏昏欲睡，突然手机嗡嗡嗡地一直震动。

趁领导讲话回头的瞬间，我逃出会议室接起电话："您好，我是花店的，请到门口来取一下您的花。"挂了电话，来不及细想，冲到公司门口，从送花人手里捧回那束花儿，马上低头小心翼翼地往自己的办公室快速移动，生怕被八卦的女同事看到，沦为公司的最新八卦话题。

回到办公室放下玫瑰，翻出花里的小卡片，"I miss you always even we are so far apart. I love you."

这就是梁小乐第一次送我花的情景，虽然当时他还不是我男朋友，虽然当时我们已经互相喜欢很久了。

从认识梁小乐那天开始，我就觉得这世上没有比梁小乐更好的男人了，这大概也是我对他讲过的最动听的情话了吧。

那时我在成都，他在吉隆坡，没有时差，同在东八区却隔着大海，隔着三千多公里。我俩每天早晨睁眼第一件事就是视频，到公司放下包再次视频，中午吃饭视频，上班抽空视频，下午到家视频，晚上睡觉前视频……除了睡觉，其他时间都在互发信息，没间断过。今天穿什么梳什么发型，吃了什么喝了什么，工作做了什么，见了谁，一个信息都不落下，恨不得连今天喷了什么味道的香水也要向他描述一下……这似乎让那三千公里显得并不遥远，而那时的我总在想，我可以放弃安逸的工作生活以及所有交际圈，在一个新的国度重新开始。但是要我放下父母，我迟疑了……我是独生女，想要好好照顾他们，要是我不在身边，他们怎么办？

心里的爱毋庸置疑，但三千公里的距离还是让人迟疑纠结。

双子塔下的恋人

两个月以后，我和朋友去马来西亚旅行，白天和朋友随便走逛，晚上，我就在双子塔下面等着他来。

那天，我俩在双子塔下面，从八点坐到十二点，看着身边的马来人、印度人、华人情侣如胶似漆，看着双子塔的灯光闪烁渐息，看着这个城市一点一点安静下来，直到白天潮湿黏腻的空气到夜晚也逐渐凉爽下来。

梁小乐问："你可以当我女朋友吗？"我低下头，没有回答。我想我是可以的，可是……我始终无法讲出心里早有的答案。冷场过后，我说回酒店，便装作很潇洒的样子起身往回走，心里却疼得厉害。所以我俩还没开始就这样完了？

在车上，我故作镇静地絮絮叨叨白天逛街的见闻：马来人的英语口音真心要命啊；马来西亚太阳好大呀，我被晒得好黑啊；马来人大热天的包头到底热不热啊！他只是伸手过来摸摸我的头，微笑，又继续开车。

回到酒店，躲在松软的床上，我蒙在被子里面开始偷偷哭，因为不想被同房间的闺蜜听到。哭什么？哭到底要不要在一起呀！手机屏幕突然亮了，他发来信息说："我要和你在一起。"我回："嗯，我也是。"

挣扎许久，最终还是听从了自己内心的答案。

异地恋，光是听起来就是不靠谱的事儿，何况还是异国恋，一方面心里隐隐地担忧，另一方面又直觉靠谱。我会担心自己不适应这个穆斯林国家，担心自己融入不到新的生活圈……唯一没有担心过的是我们的感情，就那么笃定地相信他，相信自己。

第二天，我飞回了成都。日子就在挣扎纠结中一天天过去。时间转眼到了十一月，梁小乐飞来成都给我庆祝生日。

一直不敢告诉父母我爱上了一个马来西亚华人男生，并且想要去马来西亚和他在一起，从小对我万分宠溺的父母哪里接受得了独生女要离开的事实。而这次他要来家里拜见父母，不得不坦白了。某天吃完晚饭，趁着气氛融洽，我鼓起勇气对父母说完我和梁小乐交往的始末，爸爸听后强忍住怒火对我说：我不要见他，不准他来我家。说完就摔门走了。这是我早就料到的结果，我默默地回到自己房间给他发信息："爸爸生气了。"

过完生日，梁小乐回到吉隆坡，开始帮我在马来西亚找工作，想让我先过去适应一下这个国家的环境，毕竟一结婚就是一辈子的事儿，万一我完全不习惯这个国家，再后悔可就来不及了。三个月之后，我拿到了马来西亚的工作签证。

过完春节，梁小乐来成都准备再次见我父母，然后接我去吉隆坡。我对妈妈说，我找到工作也拿到签证了，准备先去吉隆坡住住看。妈妈只说："我和你爸舍不得你，可是妈妈相信你的眼光。"

来我家那天晚上，梁小乐站在楼下不敢上楼，问我：他抢走我爸的宝贝女儿，我爸会不会打他，我说："可能会吧。"硬着头皮上了楼，没想到万年不下厨的老爸，居然亲自下厨做了一桌无辣白味菜！爸爸说："小梁不是广东人吗，吃不惯川菜，我特地没放辣。"

第二天，我和梁小乐启程飞往吉隆坡。

初识吉隆坡

二〇一五年三月一日，我正式从成都搬到吉隆坡。

第一个月，不会开车，自己没办法出门，完全听不懂广东话也不会马来语，吃不惯本地食物，讨厌这里每天都是大太阳。

第二个月，开始学开车，学广东话，吃了很多本地菜，还是讨厌这里每天艳阳高照。

第三个月，学会了开车，能听懂简单的广东话，还是不会马来语，吃了更多奇奇怪怪的本地菜，已经被东南亚的太阳晒黑。

第四个月，拿到了马来西亚驾照，开始了靠左驾驶的女司机生涯，可以用广东话点菜，学会了马来语的数字，被东南亚的太阳晒得更黑。

第五个月，自己每天开车上下班，周末去超市采购，爱上了本地小吃肉骨茶，久了没吃会开始想念它。

第六个月，在本地的星洲日报上发表了文章，衣服搭配上了时尚杂志，开始抽空写作。

第七个月，已经习惯了本地人奇怪的华语口音和英语口音，能区别台湾腔和马来西亚华人腔的区别，每天不喝白咖啡反而睡不着。

第八个月，我爱上了东南亚晴朗的天气，爱上了吉隆坡。

第九个月，我和梁小乐的感情越来越好，很感激上天让我遇到这么好的人，我们计划着在吉隆坡的将来，一步一步努力着，实现着。

吉隆坡，在这里住得越久越爱这里，可能就是那句话，"爱上这个人，爱上这座城"。

我是成都人，现在住在吉隆坡，嗯，以后也会住在吉隆坡。

你想不到的蓝花楹

何小 Ling

其实很多人对墨西哥这个国家很陌生，就像没有人知道这里的蓝花楹是什么样，会以为那是蓝色的花，就像会觉得墨西哥是一个很危险的国家：到处都是毒枭、杀人犯、墨西哥鸡肉卷，大胡子的人戴着墨西哥传统的帽子在沙漠游走,旁边几棵仙人掌。其实，蓝花楹是紫色的，其实，墨西哥也跟大众眼里的不一样。

二〇一四年四月三十号，我买了从香港去墨西哥的单程机票。五月九号，我最后一次回到工作了四年的办公室，拿走所有的一切。六月十四号，我离开生活了九年的广州，离开的时候，不敢回头看，然后流下了忍了很久的眼泪。

我爱广州，即使毕业之后找不到工作，住在城中村，一个人来回搭七次地铁搬家，一份快餐分两次吃，一个人体会找到工作后的喜悦，一个人过生日，一个人倒数，一个人在公交上哭，一个人吃饭，一个人逛街……也依然深爱着广州。但是，二十七岁的我知道，是时候改变了。所以做出了离开的决定。

六月二十八号，我独自来到墨西哥，在这里，我一个人也不认识，下飞机后坐地铁到前两天才拿到的朋友的朋友的地址。至今仍感谢他，让我在到达墨西哥城的第一天能有一个落脚的地方。

我报名了西语学校，开始在这座城市独自游走。朋友们陆续从微博得知我一个人去了墨西哥后，越来越多的疑问集中在我为什么要选择这个众人眼中的危险国度，我也说不清。

但其实这里有很多你想象以外的东西，每次我碰到学习、交换或工作外派到这里的人说不喜欢墨西哥，我就带他们去自己最喜欢的那些地方，去看他们学校或者工作场所以外的墨西哥城。每周六都有的艺术旧货市集，每周末都有的手工创意义卖，无止境的节日祭典，春天里满城的蓝花楹，公园聚集的遛狗人，看不尽的涂鸦和各种形式的游行示威。

不同于在广州的那几年，这里的生活节奏很慢，当地人总会很有礼貌地告诉你"麻烦您等一下"，在你准备发脾气的时候说"请冷静"，也会笑着对你说"不用担心，一切都会好的"。就像TVB的惯用台词"不用急，我先给你煮个面"一样，他们会说"不要再想了，先来个party再说"。

而在广州的我其实很累，冷漠是因为总是得不到想要的回应，走路很快是因为要去赶各种交通工具，对价格斤斤计较是因为要攒钱去旅行，对时间没有计划是因为我只对自己说话，没有朋友是因为我不知道怎样去找朋友，在广州，我总是一个人在练习一个人。

其实世界上的大城市都一样吧。我喜欢大城市是因为，当我走在繁华的街道，我知道很多擦身而过的路人过着跟我一样的生活，他们会分散在城中不同的角落，然后独自朝家的方向走。在墨西哥城也如是，但是他们对 party 的热爱却把所有本来独自游走的个体聚在了一起。慢慢地，我从广州的快节奏转换到了墨西哥的慢频道。

晚上我会去附近的公园跑步，周日会去封路的主干道飞快地骑单车、跟遛狗的人聊天，会很熟练地给陌生人指路，会一个人去市集淘宝、跟人聊创意，会一个人参加各种各样的活动、跟遇到的人开玩笑，会去市场买菜做各国料理让室友品尝，会去电影院看我不是很懂的西语电影再回来跟朋友探讨，更会享受全世界博物馆最多的墨西哥城。

为了有兼职外快，我做了临时的中文老师、展会翻译、带团导游，一个人从国内买货，再在墨西哥的网络上卖出去，一次展会的前一天，本来负责销售的墨西哥朋友告诉我没办法拿到摊位，深谙墨西哥人不靠谱和绝不说不的习惯，我立刻直奔去展会，用蹩脚的西语拿到了一个临时摊位，十二点开始的展览，我九点到场布置，十点奔去中文家教，十二点赶回去继续展会。

最后一天撤展，我带着几个打包好的箱子在门口等车，一个买过我东西的女孩子跟她朋友说："你等一下，我要去和朋友道别。"然后过来对我说："很谢谢你把这么漂亮的东西带给我们，在这么远的地方生活，你要照顾好自己。"然后给了我一个大大的拥抱。那是我来墨西哥五个月后第一次流泪，我就站在展会门口，一个人静静地为了"朋友"这一个称呼和惯常的一个拥抱开始哭泣。

本计划待半年的我，在十二月去了一趟危地马拉，那是为了我回来的时候能再多六个月的逗留期限，幸好前几个月的兼职收入可以弥补我在危地马拉的支出。

很幸运地，在豆瓣上认识了让我在他们的墨西哥分行实习的朋友，很幸运地，被朋友邀请一起去包饺子过春节，很幸运地，周围有朋友给我介绍了能让我留在墨西哥的工作，也很不幸运地，被各种工作拒绝。

三月底，在决定离开墨西哥的时候，我再次一个人上路，买了一张去玻利维亚的机票，在太阳岛度过了第一个伴随着"高反"的生日，也看到了绝美的"天空之境"；在智利被沙发客带去滑沙；在阿根廷独自游逛，感受着旅行末端的自在。四月底回到墨西哥，我意外地找到了工作，也终于有了安定的感觉。

开始慢慢认识更多的人，尝试记录我在这里认识的每一个墨西哥人，写下他们的故事。在这里，没有人介意你的职业，没有人对你的生活评头品足，你喜欢的，随你。

我在这里遇到的，有自己在家用几年的时间研发蔬菜栽培箱的人，有热衷于参加各类社交活动的上班族，有副业是销售、会说德语的非主流说唱歌手，有 *Playboy* 的摄影师，有研究人类大脑运作方式的研究者，有建筑师、律师、医生、编剧。

还有一个他，让我一直都怀念着的他。我跟他在跳萨尔萨舞的酒吧认识，他过来跟我搭讪，把名片给我，他没有像我之前认识的墨西哥人一样邀请我晚上去喝咖啡，而是邀我一起吃早餐。

那天，在公园见面，他用一贯温柔的声线跟我打招呼，吃完早餐后，我们推着自行车在这城市闲逛。 他是拍商业宣传片的导演，有自己的公司，在法国读电影专业，跆拳道黑带，梦想是拍一部自己的电影。游逛中，我说自己一直很喜欢在窗户边拍照，我们走遍市中心，突然，他潜进一条巷子，然后冲我招手，跟我说"I found it."对的，他找到了我最喜爱的那扇窗。

跟他在一起，没有聊不下去的话题，对那些我看不懂的电影，我很喜欢问他的看法，喜欢听他给我讲述我错过的一幕幕剧情。

那天，他完成一个法国项目后回来，对我说明年可能会去法国完成他的梦想，我问他为什么是法国，他问我为什么是墨西哥，因为我们都厌倦了原本生活的城市，都需要寻找一个自己喜欢的归属地。

他是艺术家，在墨西哥没有办法生存，他需要去欧洲。这是一个让我无力反驳的理由。

对的，每个人都有自己喜欢的归属地，他爱法国，是将要去法国的人；我爱墨西哥，是要留在墨西哥的人。

其实，在出发之前，我一直在想，半年之后回国的、二十八岁的我可以做什么？又从何开始？

家人和身边的朋友一直潜在地让我觉得二十八岁的我该回去找个工作，结婚，过稳定的生活，因为在社会的定义下，你的年龄已不允许你再有年轻的任性。但是我知道，从一个小城市出来、在广州待了九年的我，已经回不去了，我已习惯了在外十年的单身生活，受过伤，依然期待爱情，但在找到可以依靠的那个人之前，我知道自己无法为任何事情而放弃追求自己的梦想。

我只是单纯地想生活在一个我喜欢的地方，我的满足点很低：拿着有些许盈余的工资，生活在刚好的房子里，在大晴天里骑行，在细雨天里漫步。

不需要理解来自国内的压力，不需要任何人来给我安慰，给我照顾。我一个人，在自己喜欢的城市里，生活安好。

不在场的目击者

刘嘉华

你知道福州对我意味着什么？

每当有人问我为什么不离开，我总是这么反问。

我在福州已经九年了。九年的光阴，其实也算不上什么。因为直到如今，我刚分清楚省政府和市政府的位置分别是华林路和乌山路；打车还是指不出从哪条路去台江万达会更快更少红灯；甚至在朋友来福州找我玩时都会困惑地问，福州哪里有得玩？我也很惊讶于自己对这座城市的困顿，也因此，很多时候不清楚自己对它的情感，到底是一种什么样的存在。

二〇〇七年九月三十日，我第一次离开家乡泉州，我们一群艺术生告别父母，坐上一辆开往福州的大巴。我们透过车窗遥看飞速后退的连绵绿山和阴郁雨云，期待着与省会城市的初见。

经过林则徐雕像，从仓山进入市区，目之所及是一排排老旧的房屋、拥堵的车流、灰色的水泥建筑群落和脏乱差的街道。满街的杀马特泡面头，唇钉少年叼着烟卷，处处是形色颓然的人。只有榕树，一如传闻中那么多。在学生街街口探望这初次会晤的福州时，一个老年乞丐拉着我的衣角不住晃动着他那装着零星硬币的铁杯，发出吭当声响，这让我对福州的印象差到了极点。而不管怎样，还是得接受现实，在福州安顿下来。

培训的学校是个很小的大专，毗邻福州师大的旧校区。举目四望可说满目荒凉。师大斜对面是一堆杂乱的空地和废墟，废墟再往前就是学生街的街口。挤过街口右边的商铺是首山路，当时的首山路也是人迹罕至，晚上只有路灯照着形单影只的行人，偶尔会有稀稀拉拉几个摊位。学生街倒是人头攒动，但也只到老街末端的榕树下，之后又是一段黑黢黢的路程，狭促的居民楼，坑坑洼洼、常年积水的路面，断码匡威鞋店和油饼小店里那几盏钨丝灯是仅有的光亮。

我们一边修复着期望与观察的落差，一边适应着培训班的课程，渐渐地尝试去接受所有的不满与失落，毕竟对很多人而言，福州只意味着三个月的停留。

如果不是那个电话，我想我的轨迹可能也是如此吧。

电话是妈妈打来的，我听出了她言语之外克制不住的情绪，便追问发生了什么事情。短暂的沉默后，妈妈在电话那头崩溃了，她说爸爸住院了，食道有个肿瘤，可能不乐观。一时间，我站在楼道里不知所措，甚至不知道是怎样询问医院位置，又是如何请假出去的。

先是搞错了医院，几经周折找到了地方，一下车就见妈妈颓然地坐在医院门口。抱着哭了一会儿，去见爸爸，爸爸倒是情绪稳定，甚至兴奋地跟我描述起他记忆里的福州，接着带我去参观他们暂住的小屋子。屋子很暗，是很早以前的木质结构，住了几户同样来看病的外地人，房东面色和善，说起话来却还是有种混沌的尖利，像极了我对福州的印象。

后面的事情可以一笔带过，爸爸要接受化疗，然后手术，对我家而言很不乐观。我便一有机会就坐 4 路车去医院陪护，路线是：体育中心－上三路口－程埔头－师大－福四中－南禅山－红旗村－浦东－宝龙城市广场－万象城－市教院附中－黎明－万商俱乐部－西洪路－总院。

那段日子，勉强能下地走路的爸爸居然要带妈妈去看西湖公园的菊花展，还研究出了两条路线：一条是走梦山路，一条是走隧道口边上的小路。那两个在前方搀扶着的背影是我对福州最深重的记忆之一。

艺考过后，为参加各大院校的自考招生，我又去了福州，背着画板在各个学校赶场似的参加考试。

彼时爸爸出院了，要回家疗养。送他们上出租车时，需要把大大小小的电器和行李放进后备厢，可我不知道怎么打开，于是司机骂骂咧咧地下来打开，让我们自己塞进去。我只有无言地看着妈妈搀扶着爸爸上了车，然后挥手道别。那瞬间，我想我是真的很不喜欢福州的吧。那些我讨厌却无法回避的事；都在这个令人失望的城市播种、蔓延，像榕树垂下的枝条，狠狠扎进我的心里，扩散成一大片荫翳。

我想我可能不会再回来了。

高考过后填报志愿，妈妈说：你只有一次机会。考虑之后，我选择了更有把握的一所大学，在福州，收到录取通知书的时候，我想笑却笑不出来，如释重负却又丝毫不觉轻松。

于是再次回到福州，再次回到学生街。

旧房改建成了楼盘，首山路路况得到了改善，学生街的店铺换了又换，唯一熬下来的也许只有路口的肯德基，宝龙成为福州的繁华地段之一，三坊七巷的改造也完成了，开了全福州第一家星巴克……

一切的一切，发生在我身边，却又似乎与我无关。

有一次想去看看爸妈租住过的小屋，发现那里已经拆掉，成了绿化带和马路，才怀疑我对这个城市的记忆和怨恨，是不是有点肤浅。

大学四年里，我开始认识新的朋友，新的世界，我无数次来往于闽侯与市区之间，踏上很多未曾去过的地方。换个角度看时，我想，这是一座并不安于老态龙钟的城市吧。

我开始习惯城市带来的种种便利，也开始有点害怕回到那个淡漠规则与秩序的家乡，害怕在一个生活二十几年的地方接受一眼望得穿的人生。我不知道，在这个城市是不是真有自己的一个位置。而这种情绪，随着毕业季的临近，愈发不可收拾。

毕业后，短暂在泉州、厦门辗转过，我最终决定回到福州。理由也许是：这里的朋友多，能有个照应。于是又一次回来，进了学弟引荐的一家公司。

没有稳定的落脚点，便厚颜无耻地寄宿在做漆画的阿东和阿科那里。我们挤在洪塘校区的老宿舍内，有时安静地用电脑看一场电影，有时一起叫餐吃一顿水煮活鱼。我有时会在月底低声下气地跟阿科借钱，等发工资再大款似的请大家喝饮料。

我开始买书，开始跟留在福州的大学朋友们见面，谈天说地聊人生，我想也许以后可以就这么安定下来了吧，毕竟这里有这么多我认识的人。

第一次去酒吧，是跟小宇、九荣和加薪哥一起。

小宇是学弟，九荣是同班同学，加薪哥的笑容还是很帅、很好看。B-Box 的时候，加薪哥告诉我他要去深圳了，绚烂的灯光和哄乱的音乐中，我隐约感觉有种复杂的情绪将破体而出。不久后的一个午后，清云告诉我他也很快就要离开。再之后是小胖、正正。

真正让我不安的是阿科的离开。

阿科回老家是在清晨，我忘了他是几点的班车。听见阿东起床，便也跟着醒来了。我们默默地帮他提着行李，送他下楼。听他说着以后还会再见面，坐上出租车，消失在洪塘路的尽头。我赖以立身的借口，似乎正以意料之中的步伐，一点点抽离。

对于福州，我似乎仍是个陌生人。

我频繁往来于酒吧或夜宵摊，穿过万科，穿过刚建起的苏宁广场；我路过勺园，路过五四路泰禾广场；有时站在于山堂前，看着对面五一广场竖起了青运会倒计时；有时坐在江滨公园，猜着尤溪洲大桥上的车是去乐购还是仓山万达；有时站在世贸的玻璃窗前，看着福州不见星星的夜空，眺望这个陌生而熟悉的城市一隅。

我怀疑自己是否真的知道自己的选择。留在这里，是不是真的只是一个借口。而我真的只是在逃离，逃离那些不愿意接受的现实，和始终在自欺欺人的懦弱的自己。

你知道福州对我意味着什么？

也许是所在乎的人的记忆片段，也许是所历经的时光里愿意截留的部分。

也许什么都没有，只是单纯的，我能感受到些许安全的旧地。

也许什么都不是，只是一个停靠点。

写进日记里的一座城

苏公子

这座城市于我而言不仅仅是一个暂时的居处，更重要的是，在这座城市，我学会了许多只有独处才能学到的道理。

时隔一年后，将笔记里的东西码进电脑，不是因为回忆有多美好，而是想着，这样一来，你或许也会爱上这座城市，也会奋不顾身地去追随。

二〇一五年八月一日

过去的一个月，我好像过了一年还多。来这座城市，并不仅仅是因为工作，更多的是为完成来这个国家看一看的心愿。如果说因这么一个小小的初衷漂洋过海是一种矫情，那好像真的没有什么比矫情这个词更适合了。

二〇一五年九月十一日

仙台，宫城县的首府城市，位于日本本州岛，是日本东北地区最大的经济文化中心。然而它并没有想象中那么繁华，不像东京那样高楼林立，歌舞升平，人来人往，热闹非凡。

它有的更多是道路两旁的参天绿树，茂密成荫。青叶区国分町外的那条街道，绿树望不见尽头，盛夏时节走在这样的林荫道上定会神清气爽吧。

二〇一五年九月二十四日

国人对这座城市的最初印象大概来自鲁迅先生，当年留学日本学医的他，就读的便是仙台医学专门学校，如今，在仙台还能找到鲁迅先生的遗迹，在仙台市博物馆的后花园，立有"鲁迅之碑"，那是去仙台必游的景点。

二〇一五年十二月二十四日

仙台这座城市并不很大，虽然没有具体了解过它的面积，但是走来走去，这里能逛街的地方也就只有青叶区城内的一片区域。

比较大的是一番町，比较出名的是国分町。如果说一番町有着城区繁华的街景，是逛街必到之处，那国分町可算得上是个有故事的地方了。

每年从十二月上旬开始，一直到月底都会在附近举行灯节。

上万只电球亮在青叶通路两旁的树上，有着各种花样，美不可言。美子不时地说"看，有圣诞老人"。听石田小姐说这上万只黄色电球当中只有一只是粉色的，找到的人会在新的一年里交好运，可是要找的话难度太大了，那么多电球，看都看不过来。

二〇一六年一月二十五日

公交车在路上走着，这个世界银装素裹。又有身边的人结婚了，我已记不清这是第几场婚礼，我都没能参加，遗憾中又带点伤感，想到过了这个年我就二十五了。

昨晚在线上还跟瑶瑶说起二十三跟二十五的区别。她比我小两岁，今年二十三，她说真的没看出有什么区别，我说以前我也不觉得，可当自己真的二十五岁时就会觉得，这真是个可怕的年龄。

什么都想做，却什么都不敢做；明明还有机会，却感觉已经来不及了。

二〇一六年二月五日

很遗憾过年那天赶不上休班，休班那天正好是家里的年集。好怀念年的味道、家的味道。

二〇一六年二月十四日

都说内在重于外表，可是看到这个国家每一件小饰品、每一份小礼物都会包装得别出心裁，不由得打心底赞叹，在这个普通的日子里，我钟爱这份惊喜，钟爱这份礼物，来自石田小姐的礼物。

二〇一六年三月七日

连续四天都做了很清晰的梦，大多跟家里的人、事有关，在梦里有欢乐、有痛苦，每次醒来都会惆怅一番。

今天梦到在姥姥家等大人们下地回家，那画面像极了小时候的夏日傍晚，想家了。

二〇一六年三月九日

两天都是十点才坐上回宿舍的班车，下班路上意外地看到别人家院子里不知道是桃花还是什么花，粉粉地开满了树枝杈，绿叶还没有冒出来，颇有"一枝红杏出墙来"的感觉。

就是喜欢看沿街的"一户建"，这里家家户户房屋的规模都不大，也许是一户建的关系，看起来给人温馨的感觉。外墙面都涂上了喜欢的颜色，有乳白，有粉色，有天蓝，有翠绿……五颜六色，都是浅色，一点都不扎眼。

好想也能拥有一套这样的小房子，里面住着亲爱的家人。

二〇一六年三月十日

徐总说："你们这些没牵挂的肯定都不急着回家！"我说："把

'挂'去掉，我是没'钱'所以不敢回家。"

真的。

二〇一六年三月十三日

独自走在这陌生又熟悉的街道上，才发现一个人的时候是这么想你们，想跟你们一起逛逛街，走走路，聊聊天，说说话。

想到两个月之后的分离，不禁黯然神伤。

二〇一六年四月一日

终于到了下雨也不会冷的季节。在雨中看到了没有打伞的稻桥，想到有过的几次偶遇，感觉有点微妙，作为普通同事甚至没说过几句话。因为没有放在心上过，所以不会很在乎吧！

二〇一六年四月八日

原来，一个人生活就是被开水烫伤了不知道怎么办，在原地不动一分钟，疼得手都不能用力还要忍着疼上网搜索该怎么办。一个人生活就是看见蟑螂不去管它，让它自己跑。

二〇一六年四月十一日

在这个国家，学校附近不定期会有人自愿为大家提供交通安全管理服务，志愿者中有年轻人，有老年人，有孩子，他们手里拿着黄色小旗，上面写着"交通安全"。好有爱。

也是在这个国家，学生们把校服穿出了一种文化，他们穿着校服，背着大大的看起来沉沉的书包。脸上都是洋溢着笑的。中学的男生都是深色校服，跟我们民国时代的中山装一样，感觉很不错；女生则是短裙，全部都是短裙，冬天的时候看着好冷。

二〇一六年四月十二日

在这个国度生活了快一年，终于看到了梦中的花开成海，那么安静的、一片一片又一片的樱粉色，真的好美。

心里有种莫名感动，却不知道第一时间该和谁分享。

二〇一六年四月二十三日

离回家的日子越来越近了，感觉要面对的事情也越来越多，心里乱得很。最近几天一直睡不好，每天能睡着的只有两个小时左右，浑身疼又难受，有同伴说这是体力透支了。

挨过这样的疼痛，不知道还有多少的疼痛在等着。

外面天气很好，屋里很闷热，我打开窗子，想凉快些，依旧怎么也睡不着。两小时之后就要起来上班了。

二〇一六年四月二十八日

又一场春雨下绿了整个世界。

早上在蔬菜室做牛油果料理的时候冷到不行，脚凉得生疼，穿着借来的厚棉袄还是无济于事。好想赶紧下班，赶紧回家暖和，那心情急切得就像是小时候跟妈妈下地干活，到了中午实在待不下去，一遍遍地说着"走吧！走吧！"。

那时候，多央求几遍，妈妈也就会妥协回家，可是现在，一个人在外面，冷算什么，还不是得熬到下班。

多大的委屈，多大的痛苦都要一一承受。大概这就是成长吧。

二〇一六年五月五日

第一次安安稳稳地睡了十个小时，还被昨晚的地震震醒。到仙台后经历的地震也不少了，第一次有这么清醒的意识。

迷迷糊糊中感觉房子在震，想着震就震吧，反正也不是第一次了，谁想到震了好一会儿，连桌子上的碗都在晃动，这才意识到是地震在持续，"哦，那就继续睡吧。"

二〇一六五月二十二日

一整晚都在告诉自己要淡定，不去想离开之后的事情，可在蔬菜室，宫泽副理事长和佐佐木组长特意来跟我们道别道谢，负责烹饪的山崎组长、佐佐木和阿部也一同道了别，那时候，莫名地就很难过。

这一年里认识了那么多人，有些名字是需要记住的。回头想想，一年就这样过去了，快得让人措手不及。

人生总是充满各种离别，纵使经历过很多次，面对那一刻的时候，依然会难过，会落泪，会不舍。或许，偌大世界里，有不舍的人，也是一种幸福吧。

二〇一六年五月二十三日

穿着同一件衣服，见了三个人，吃了两顿饭，这是一天时间里做的事情。本多请客吃饭的时候，感觉像是跟爸爸在吃便饭一样，他今年五十多岁，特别喜欢中国，正自己学习中文，想去中国旅游。

他是很有意思的一个人，工作的时候我们都喜欢叫他"在一起"，这是个典故。他送我一些仙台的特产，说尝尝看，好吃就买回家，不好吃就不买。

跟正子约好五点见面，结果我一睁眼已经五点二十了，保龄球是第一次玩，但也很尽兴，毕竟也是有运动细胞的！光吃自助烤肉还不行，还得有寿司，还得有水果，还得有甜点，还得有冰淇淋，我们俩在一起总是这样胡吃海喝。

谈到离别，她说："你走了，我在这就没有说话的人了，他们都那么凶。"我说："没关系，我会一直在你身边，还在你身边切三明治，像以前一样。"

最后，拥抱离开。

且让我拥抱你

郭东

在我心里，"北京"是一个带着点情结的城市符号。

四年前开始找工作，并没有想像得那么顺利。在山东折腾了小半年后，没找到理想工作的我前往北京。并非别无他路，选择北京还是因为心中的躁动吧。 于是，小心翼翼说服家人，要来培训费，买了火车票，准备好行李。一个决心不做程序员的软件毕业生还是踏入了 IT 界。

依然记得那个清冷的早晨，我和舍友从济南熬过后半夜的硬座，站在北京站行人匆匆的广场排队打车的情景。那时还未坐过地铁，拖着行李的我们没敢尝试。出租车绕着三环去魏公村，我望着车窗外这座庞大的城市和高耸的楼群，心情恍惚。

第一个住处在天通中苑。天通苑，一个住了五十多万人的"小区"，东北人的天下。这个据说是亚洲最大的小区横跨三个地铁站，我和四个同学住在一个带卫生间、摆着两张大床的大主卧里。那个冬天没有网，好在有暖气。几个月的时间，培训，找工作，一切都无法预期，现在想想却是真切的回忆。每天早上步行去地铁站，零度以下的空气冻得脸有些发僵，却也总是会有清冷的阳光。有个寒日下起了雪，忽然想起了那句"你踏过下雪的北京"。

周末有时一个人溜达，早已不似过去的大栅栏熙熙攘攘；吹着大风的空旷的鸟巢和水立方冻得手都伸不出；冬日里的北大未名湖难得寂静；东交民巷和古老的建筑鲜有人至；国家博物馆让爱好历史的我格外欣喜和满足。有时和同学做伴，逛过游人如织的王府井，比想象中要小的天安门广场，进去居然会迷路的798，找了半天找不着中心的三里屯和没有如约进行元宵灯会的前门。

让人印象深刻的后海，白天有冰面上的垂钓者和滑冰的年轻人，穿老式三角裤衩冰口里游泳的老大爷；夜晚有喧哗的酒吧和拥挤的烟袋斜街，而一旁的钟鼓楼黑暗寂静。

城市遮盖了一切，喧嚣声似乎从来都不曾停止，像一个永不停转的机器。

朝九晚六时有加班、一个小时已值得庆幸的通勤时间让早晚高峰的年轻人个个神情木然；布满隔断间、每个人窝在十平米空间的小区总会有几个宅男和几对吱吱呀呀的情侣；卫生不敢保证的小餐馆却实在便宜，门口的理发店写着"民工平头五元"。

黑中介里的小伙儿说话个个横得很，卖饭的大妈普通话从来不标准；背着电脑包戴着眼镜呆呆的 IT 男和光着膀子烤肉串的大汉，天知道他们月薪几万；抱孩子的年轻妻子，摊煎饼的中年妇女，偶尔在晚上看到穿黑丝袜的女子，不知是上班下班。

街上的人们总是步履匆匆，上下班的人潮总是密不透风。坐车要靠挤，吃饭要排队，看病要预约，以及不敢想的，首付动辄几百万的房价。

这是足够讨厌北京的理由，这是我了解到的北漂们离开的缘由，也是我理解范围内部分北京人的无奈。如果一个人机械地生活在这样的城市里，真的很容易孤独和压抑。何况，没有家的定义，所生活的地方便缺少了感情的联系。

有时会觉得北漂们都是勇敢的，抑或是不会享受的白痴。

有时又觉得很快适应后，这无非都是些可以习惯的小事。

有些人来北京，是为了登上一个更大的平台，期待奇迹的发生。

有些人来北京，是喜欢年轻时短暂的自由和城市里的精彩纷呈。

有些人来北京，是因为家乡门路和所从事职业的限制。因为在这样的城市里，反而会摆脱小地方关系网的束缚，至少看起来机会均等。

背井离乡只是为了养家糊口的人，不愁回家纯粹为了几年玩乐的人……你很难说清到底谁会先离开，谁会歪打正着反而待了下去。

北京有全国最多的文物或古迹，游览的成本也足够低。北京是国内民谣和摇滚的根据地，要钱的不要钱的演出都太多，那些总被提及的歌词也让人感觉身在其中。这里有全国最便宜的公共交通，却也有全国最贵的房价。这里有全国最密集的人口，却难以得到一个户口。城市很大，出租房却很小。理想很丰富，现实却太残酷。

　　不曾想到的是，工作后开始了更多的漂泊。前年在上海，去年去成都，今年的行程千山万水。因为有工作在、有哥们儿在，总会不时在北京逗留，似乎北京成了除家乡之外的另一个中转站。

　　我一时还找不到更合适的停泊地，还找不到回家的必然，那就在北京，再继续一下北漂的初衷吧。

　　我选择感激这漂泊的过程，偶然中又总有宿命。

　　它始于北京，尚不知归处。

　　它源于外在的风景，却给我种种心情。

　　而此刻，且让我拥抱你，北京。

An Ocean of Love

程强

科伦坡的年轻人很快乐，似乎要比国内的年轻人快乐得多。

中年人很安静，有一些人紧紧蹙着眉头，显然有着生活的压力。

老人有些居无定所，乞丐多是老年人，很黑很瘦。

集市很简单，但是有艺术氛围。人们自然而然地对待自己的工作，公交车上都装饰着花束。也经常看到人们抱着鲜花走在路上。

海很潮湿，海边是年轻人约会的地方，还有很好吃的烤鱼和烤馕。我在海边学会了一个很浪漫的表达："An ocean of love."喜欢海，愿意临海而居的人，如我，会把这个表达用在很多地方。

这个城市多雨，每天要下两三次。看着天边的云慢慢移过来，可以数着秒等下雨，这片云下完了，就等下片云。或许，和爱的人一起等着云下雨，是颇为浪漫的事情吧。

这个热带国家，湿润而不闷热，有很漂亮的房子，庭院里有美丽的喷泉。路中央的隔离带往往是一蓬蓬的植物，花、树，或者花树。有很多小店，其中有一家叫作 Color Bank，是个存放色彩的银行。

科伦坡植物茂盛，人们肤色黝黑，与自然融为一体，在这样的环境中，这就是自然的色彩。我的黄皮肤，倒显得不那么和谐。倒是这里的壁虎等动物，多是透明的颜色。不知道为什么与人反差这么大。

快乐的爸爸和孩子在海边总是易见，一起骑车，一起游泳。那种平淡的幸福和爱，就是我想要的，于是就不愿意再说话了。这片海，是我花了二十六年时间准备才来见到它的，看到海就足够了。

我坐在卖香料的老爷爷身边，问："人有灵魂吗？"

他说："有。"

"那海有灵魂吗？"

"有。"

"为什么我到海边就会快乐？"

"因为你的灵魂找到了家。"

老爷爷静静地坐在那里，怀里捧着一个大盒子，盒子里放着各色的熏香，右上角燃着一线香火，散发出好闻的气味。

于是我也静静地看着海，海波涛汹涌，似乎有个巨大的空洞，海不停地运动，似乎试图填补那个空洞，可是那就是它本身啊。就好像我，不停寻找着情感的寄托，不停地想要填补心里的空洞，可是总也填不满。

老爷爷走了，我坐到他的位置，看着身边人流，让海水、湿气不停地扫在脸上。我想象自己也有那么一个盒子，可以只要盯着它，什么都不想，在有人询问时，递给他一只，随他给合适的价格。猛然间，我似乎意识到，这样的状态或许才是我想要的，安静地做自己一辈子该做的事情，任凭人事流转，心里还是安静。

如果灵魂想安定下来，那么是该给它找一个合适的家。海，或许是我寻找的家？

The flower on the window tell me "la mer te manque." [①] My life has an ocean of beauty, romantic fills me with the scent of the ocean.I need a nice woman travelling with me to see the world. 这些语句不断出现在我大脑皮层褶皱最多的地方。据说人们迫切希望获得一样东西的时候，大脑皮层上就会刻上字，因此褶皱最多的地方记录着最大的欲望。

下午的行走把我带到一个低调而豪华的书店。书店外表朴素，名字就叫 Bookshop。可一进去却极具格调，颇为讲究的雕塑，木质的家具，各色的油笔、蜡笔、水彩笔、英语字典、法语字典、西班牙语字典，还有素描本。我喜欢这样的摆设。二楼是各种小说，放着好听的轻音乐。店员超级爱笑，说昨天这家店刚刚开业，我们是第一批顾客。

---

①法语，意为"你需要海。"

我买了一本法语字典，抱着它出门，又去了海边。

潮湿的空气扑面而来，淡淡的海味如同悠长的音乐，牵引着你的脚步前行。

那天的海特别的欢快，也许快到月圆之夜了，而月圆之夜是否是有情人的日子？

幼小的孩子抱着爸爸的腿站在浪潮里，浪花来时，孩子欢快地叫喊，爸爸笔直地站在浪花里。也有孩子抱着母亲，每当浪来时，母亲总会弯下腰来护着孩子。忽然，一个冲浪者乘着一个大浪向人们冲了过来，人们纷纷后退，可是冲浪者最后把自己绊倒在沙滩上，又惹起一阵欢笑。

再一日，乘坐海铁去看佛。

中午，快快乐乐地坐上那列海里的火车，终点卡卢特勒是一个淡水入海的地方，火车慢慢地爬过铺在湖上的铁轨，缓缓地停在英式风格的古老火车站。

火车上看海，真的太美好。看到远远的大海欢快地奔腾而来，看到近近的小木屋、椰子树和各种各样的花朵。男人坐在海岩上聊天，看着自己的女人；女人坐在门口，看着自己的孩子；孩子爬在树上，看着自己的小狗；小狗在地上打滚。忽然想起和奶奶坐在家门口看着行人走来走去的小时候，就装作被海风呛着而满脸泪水。

这一次我闻到了海的味道：焚烧植物的烟味，人的体味，空气里弥漫着这些气味的混合。

海无法描述，只能感受。

当火车快掠过大海的时候，我忽然懂得该如何描述自己的感受：海风扑面而来，海鸟呼啸而过，自由而奔放。

描述感受时离不开场所，比如此刻，火车行驶在大海上，这是具体的场所，有相似经历的人就可以明白。

列车最后到达有菩提树的佛寺。我赤脚行走，试图感受佛祖。我观察礼佛的人们，试图从他们的眼神中，从他们合十的手掌中发现佛祖。而佛祖在哪儿？在那棵菩提树上吗？如果他存在，我为什么感受不到？我明白，我无法体会一个画家投入画中的感觉，无法感受一个音乐家投入音乐中的感觉，就像我无法体会他人能感受到的佛祖。而我试图通过各种手段真切地感受，我想知道别人眼中的世界是什么样的。

生活是新的感受。我想这就是生活的意义。

又去看海，走的是沿海铁路。海边的车站安静古朴，一个老人坐在窗口看报，有人来了就啪啪地将票打上日期。海边铁路票是一张小小的卡片，简单得像件艺术品，僧伽罗族文字像一个个圆圈，整个卡片看起来就像调皮的小孩子画出的圈圈图。

每个车站都有一座桥，桥这边是城市，那边就是海铁了。海是近在咫尺的背景，有两个孩子在玩耍，孩子旁边是佛像，佛像旁边是一条在伸懒腰的狗，狗旁边是我的同伴在玩手机。还有同样等火车的人们：一对情侣沿海散步，一位大叔抱着一堆文件，一个青年抱着一袋水泥，铁轨修理工正在往车轨上不知道涂些什么。

或许是周末，去海边的人很多，挤上车，我有种在国内坐公交车的感觉，紧攥着把手挤在一群陌生人中，而这并没有什么不自在，对着大家笑笑，大家也会回报友好的笑容。火车沿着海慢慢地开起来。大约半小时后，就到了更美，更好的海边。

海的美，我无法描述，只是感受，走在沙滩上，海水不时地冲过来拥抱我，让我觉得真正回到了家。我固执地相信我上辈子肯定是海边的渔夫，这辈子才对海有天然的亲近。

从小到大，我总听到她对我的呼唤，终于来到了她的身边。

我好喜欢这里安静的海边车站。午后的阳光打在铁路上，铁轨延伸到海的尽头，沿路有花有草，还有椰子树。安静地坐在海边的小木屋里，喝一杯柠檬汁，看着海边的树上落着一只寂寞的乌鸦。旁边有妈妈带着可爱的孩子。孩子哈哈地笑着，围着妈妈打转。

海永远是这一切的背景。

我忽然开始害怕离开，又忽然明白，当下这时刻是美好的就足够了，这些当下的时刻才足够真实。比如我知道，此时我写下这些文字回忆那些美好的当下，是足够快乐的。

一场自说自话的想念

小样儿

"一座城市，需要你生息相通，肌肤相贴地去爱过、活过，才算熟悉；一座城市，需要你千山万水、长途跋涉地远离它、隔绝它，才算真的看清楚。"

二〇一五年六月十六日，天气晴，我离开住了七年的深圳。离开后，才很想描画一下这座城，还有发生在城里的，我的故事。

如果你来过深圳，一定会和我一样，第一眼就喜欢上它的蓝天。很多城市的蓝天已经变得非常难得，深圳蓝却常年可见。干净、纯粹。偶尔透亮，偶尔深邃。很多朋友常常在不同的网络空间上传这一片蓝天，带着些许炫耀的成分。

除了天，深圳令人不由赞叹的还有路。深圳的道路非常宽，叫不上名字的行道树郁郁葱葱，高低建筑错落有致，玻璃墙面偶尔在路面上折射出光圈。道路中间是或纯绿或黄绿夹杂或红绿相间的隔离带，热情的三角梅，随处可见，这是深圳市的市花。

而我更偏爱深圳的夜色。偏爱夜晚的繁星和无星夜晚的车水马龙与闪烁霓虹。

大学四年，因为舅舅住在深圳，我常常会应他提议先在深圳玩几天，再从深圳飞往西安。

二十二岁那年夏天，我大学毕业，再次来到深圳，不同于以往的路过。这一次，我打算长久地在这里工作、生活。那天，依旧是舅舅开车来接我，安排我暂时住进了他在南山的家。

之后是入职第一家公司。上班要跨两个区，从南山到福田，夏天早五点就开始的热烈阳光，美好又充满恶意。公车停靠白石洲那一站，每天都会涌上来一大波年轻人，个个衣着得体，只是上衣常常被汗水湿透，贴在后背，隐匿着些许的尴尬。

车子驶向前方，每天都有无数的未知。

不久后，初中同桌芳子得知我在深圳，便决然从上海转战深圳。于是，我在这个陌生的城市有了第一个老朋友。她一边寻找面试机会一边和我一起收集租房信息。很快她被福田的一家公司录用了，而且薪水不错。周末，我们就在十月依然炽热的大太阳下去看房子，走着走着就满头大汗，不过想到即将开始自由自在的新生活，就无比兴奋。

我们合租了旧小区一个不算大的单间。一个衣柜，一张双人床，一个带桌面的书柜,这就是卧室的所有家具了。厨房和其他人共用。租住的小区附近,还有几家不错的大排档和路边摊,烧烤很便宜,味道也很不错。周末的晚上,我们便常去点上几串烧烤,再来一瓶啤酒,吃喝完了用纸巾擦一擦油乎乎的嘴,心满意足地回家洗澡睡觉。再后来,芳子为男友离开了深圳,而我居然也再没去过那些烧烤摊。

在第一家公司奉献了最虚心最认真的两年半之后,我跳槽去了一家外企。从茶水间可以看到旁边后来成为深圳第一高楼的大厦正在紧张地施工。在新公司认识了很多年龄相仿的同事,和我一样,大多数都来自外地。我们会相约一起庆祝生日,吃饭、切蛋糕、K歌或者玩杀人游戏。每年一起吹生日蜡烛的人都不尽相同,但许下的愿望大抵相同:朋友快乐成群,不要走散;找到那个他,有个家,有个孩子。

高中同学南小妹从北京来这里时,我已经搬到了上沙村。上沙村分很多个小村,每个小村又有很多条巷子,按顺序编着号。小巷纵横交错,每隔几米就有路口,时常可见浓妆艳抹的女人或单独或结伴地站在那里,手里拎着一个小包,穿着艳丽,半露酥胸,招揽着生意。男人慢下脚步,用手势和她们交流。那大概是只有他们才懂的语言。我亲见过他们没有开口说半句话,几个简单的手势之后,男人便随在女人身后,一前一后地走远了。

去罗湖火车站接南小妹的时候,她微微狼狈,背着一个塞得鼓鼓的双肩包，拖着一只大得可以装下几个人的黑色行李箱。但坐在公车上，她兴奋甚至带些狂热地说："晶晶，鸣笛（她男友）说了，如果我在深圳混得不错，他来这里找我，如果过得不好，就立马回北京，然后结婚。"

多了她的东西，房子拥挤了许多。我们蜗居在小小的屋子里，看着她上演曲折但不算动人的爱情故事，无数次异地争吵、和好、又争吵，直到异地着领证结婚。

再次搬家，我搬去了南山的华侨城。那算是很不错的地段，离世界之窗很近。华侨城里的路很弯曲、很复杂，如果没有指示牌，真的像是步入了迷宫。入住时是个夏天，而大片大片的林荫下有丝丝凉意。周末闲来无事时，还可以去创意园走一走。那里有很多人在摆摊，有弟弟妹妹，也有大叔大婶。卖什么的都有，纸雕、明信片、手绘本、手工衣、首饰……让人觉得把自己的创意，用一流的手艺变成非常美好的事物，真是件非常幸福的事。住处附近有很多芒果树，天蒙蒙亮的时候就有叔叔阿姨爷爷奶奶带着工具去摘芒果了。当然，这是爸妈来小住时告诉我的——天刚亮的时候，我还在睡梦里呢。

除了爸妈小住的三四个月，我常常一个人吃饭，或一份小火锅，或几碟寿司，或一碗面。饭店里大多是结伴的恋人或者朋友，我倒不觉得尴尬，也不大在意，因为我想没有人会在意我。

是什么时候和"南山帮"的小米开始走近的，我也记不清了。可能是从相约一同搭乘地铁回南山那时吧。

　　偶尔小米家里没人做饭得她自己想办法解决时，她会来问我晚饭是不是一起吃。而我想要找个人一起吃饭时也会问她"系唔系唔归系食饭？"①。周末，有时也会约了去逛街。就这样，慢慢成了"饭友＋街友"。

　　小米是个对"吃"要求相对较高的"老深圳"。她老问我吃什么，却常常否决我的提议，然后说要不我们去吃"什么什么"吧。跟着她，很多好吃的都去尝过了，但大多都是外来美食，好像没怎么听她推荐过本地小吃。记忆最为深刻的是华侨城里韩国人开的 November，那里的炸鸡分量很大又很好吃。

　　毕竟，深圳是个外来人口一直居高不下的新城市。

　　在第二家公司工作了四年后，我又一次决定辞职。

　　有人说，辞职的原因无非两个，一是薪水低，二是"伐开心"。其实，"伐开心"大多还是因为薪水低。我辞职，自然也有这丝原因，此外，还因为一直蠢蠢欲动，想要去做一些自己真正喜欢的事情。而说来羞愧，不告诉家人擅自离职，竟是快三十岁的我做得唯一一件有胆的事情。我突然想做一些只关乎自己内心的决定，尽管现在想来有种单枪匹马的后怕——没有任何稳定的经济来源，

_____

①客家话，意为"是不是不回去吃饭？"

可依然要支付昂贵的房租、饮食，还有其他大把消费。

我在离职时说："当你离开一个地方，就是那么一个小小的地方，你会难过会舍不得，全部都是因为那里有你喜爱的人。"

是的，女同学多少都会有点爱情故事吧，尽管未必都有好的结局。

二十四岁那一年，我遇到一个高高瘦瘦略带忧郁气质的男生。小小个子的我，刚齐他的肩。如果说一个人一辈子一定会疯狂一次，为某个人翻山越岭。这样的事情，我愿为他完成。过多细节不再赘述，或许都只是眼角眉梢的误会，而他在那一年的冬天离开了深圳。

二十八岁，在豆瓣上认识了 R 先生。他三言两语就能让我笑出声。一向高到突破天际的笑点，却在遇见他之后变得很低。他说："以后我们一起把深圳的好吃的都吃一遍好不好？"好像他很确信我们之间会有以后。我没有太诚恳地作答，因为我在想：也许有一天，我们身边就会出现另外一个陪自己去完成这件事情的朋友。

但突然没有原因地，他不怎么联系我，我也不太联系他了。偶尔的微信消息证明彼此之间还有着无关痛痒的关联。可我清楚地知道，我们在彼此的地图上，越来越靠近边界。也许，和我一样，他觉得一个人吃饭也不赖，多一个人陪也无妨。

我始终没能开口询问他偶尔抛出的暗示，我不知道为什么，可能在爱里依然自卑。R 在我眼里是道耀眼的光，这样的他，照亮的怎么会是我一个人。

二〇一五年的五月底，接到妈妈的一个电话。

那时候的我，心里没有特别爱的人，做着一点没什么特别的生意，租住的房子也即将到期。听到妈妈略显无助地说着她公司目前的困境，突然就决定离开深圳，回她的身边。

将这个决定告诉南小妹时，她先是惊愕，随之而来的是失落。或许我们都一样，在一个偌大的城市，熟悉的人多少会是一种依赖。即使生活不会因谁离开而改变分毫，可是，内心的这城市终归会随着那个熟悉的人的离开而缺失小小的一角。

临行前几天，我主动约见了已经太久没见面的 R。聊着彼此的近况，以及我们之间由自然到尴尬、由近到远的相处。他说有段时间太累太忙，他说心里还有忘不了的人，他说他差一点就去上海了，嗯，差一点就离开深圳了。但终究还是差一点。

离开深圳已经二十三天了。

有人问我会不会想念那座城市。怎么说呢，与其说想念那座城，不如说想念那座城市里的人吧。而这一场自说自话的想念，却是我和深圳唯一的关联了。

图书在版编目（CIP）数据

停靠，一座城 / 李婧，村上春花编著. － 北京 ：
新星出版社，2017.5
ISBN 978-7-5133-2586-8

Ⅰ. ①停… Ⅱ. ①李…②村… Ⅲ. ①随笔－作品集
－中国－当代 Ⅳ. ①I267.1

中国版本图书馆CIP数据核字(2017)第056569号

停靠，一座城
李婧 村上春花 编著

责任编辑　汪　欣
特邀编辑　侯晓琼　张琮卉
责任印制　史广宜
装帧设计　朱　琳
内文制作　田晓波

出　　版　新星出版社　www.newstarpress.com
出 版 人　谢　刚
社　　址　北京市西城区车公庄大街丙３号楼　邮编 100044
　　　　　电话 (010)88310888　传真 (010)65270449
发　　行　新经典发行有限公司
　　　　　电话 (010)68423599　邮箱 editor@readinglife.com
印　　刷　三河市三佳印刷装订有限公司
开　　本　890mm×1270mm　1/32
印　　张　7.5
字　　数　127千字
版　　次　2017年5月第1版
印　　次　2017年5月第1次印刷
书　　号　ISBN 978-7-5133-2586-8
定　　价　35.00元